जंक्शन

(कहानी संग्रह)

ज्ञान गरिमा के

70 वर्ष

भारतीय ज्ञानपीठ

जंक्शन

चन्दन पाण्डेय

भारतीय ज्ञानपीठ

लोकोदय ग्रन्थमाला : ग्रन्थांक 1175

ISBN 978-93-263-5119-5

जंक्शन

(कहानी-संग्रह)

चन्दन पाण्डेय

दूसरा संस्करण : 2016

मूल्य : 170 रुपये

प्रकाशक : **भारतीय ज्ञानपीठ**

18, इन्स्टीट्यूशनल एरिया, लोदी रोड, नयी दिल्ली-110 003

मुद्रक : आर.के. ऑफसेट. दिल्ली

आवरण-चित्र : मनोज कचंगल

आवरण-सज्जा : ज्ञानपीठ कला प्रभाग

JUNCTION
(Short-stories)
by Chandan Pandey

Published by
Bharatiya Jnanpith
18, Institutional Area, Lodi Road, New Delhi-110 003
Ph. : 011-24698417, 24626467; 23241619 (Daryaganj)
Mob. : 9350536020; e-mail : bjnanpith@gmail.com
sales@jnanpith.net; website : www.jnanpith.net

Second Edition : 2016
Price : Rs. 170

पूनम दीदी, नीलम दीदी, कुन्दन, सृष्टि, रिम्पल, सुजाता
प्रियंका, उमंग, मयंक, सुप्रिया, शशांक और सुखदा—
सभी बहन-भाइयों को

The duty of true patriot is to protect
his/her country from its government.

–Thomas Paine

कथाक्रम

ज़मीन अपनी तो थी

जून की कोई शाम थी जो चौतरफ़ा घिर चुकी थी, पर अगली सुबह अनिकेत को दिल्ली होना था। बठिंडा के होटल से निकलते हुए उसे बीते दिन की तपिश का एहसास हुआ। होटल का मीटिंग-हॉल पाबन्द था, इस वजह से वहाँ लू और समाचार पूरे दिन नहीं पहुँच सके थे। अब सूर्य इस तरह डूब रहा था कि अनिकेत की परछाईं बहुत लम्बी होकर होटल की दीवार के सहारे टँगी हुई थी। दंगे के सबब मर्द-मानुष कहीं नहीं थे, वरना शाम के इस वक़्त परछाइयाँ भरपूर कुचली जाती हैं। ऑफ़िस से ख़ुश-ख़ुश निकले तो अनिकेत यह खेल अक्सर खेलता है। किसी की परछाईं पर खड़ा हो जाता है। ख़ासपसन्द, शाम पर पड़ती रितु की परछाइयाँ।

पंजाब हरियाणा की सेल्स रिव्यू मीटिंग ख़त्म हुई ही हुई थी। हिन्दू होने की बिना पर होटल बिल जमा करते हुए भी वह दंगे की नहीं, दिन की गर्मी के बारे में सोचता रहा। दिखने-सुनने में वह, सबकी तरह, दंगे के ख़िलाफ़ नज़र आता था। जो सड़कों पर घट रहा था उसका उसे रंज था, पर दंगाई गतिविधियों से ज़्यादा हैरान गर्मी कर रही थी। ऐसे मौसमों का आविष्कार अभी बाक़ी था जो आबादी देख और नारे सुन कर आया करें।

शाम का रंग कुछ ऐसा था कि रिक्शे कहीं नहीं थे। सड़क के मुहाने पर काँच के टुकड़े बिखरे हुए थे। सूरज जबकि छिप चुका था फिर भी हवा में बची हुई रोशनी और धरती से परावर्तित किरणें काँच के इन टुकड़ों से कई सारी रंगीनियाँ बिखेर रही थीं। रोशनी की तेज़ चौंध से आँखें चुराते हुए अनिकेत ने पश्चिम की ओर देखा—जली हुई बस खड़ी थी। बस देखने के बाद उसे चिरायँध महसूस हुई। जली हुई बस उसके लिए एक पुरानी पहेली सुलझा रही थी। हमेशा से वह यह जानना चाहता था कि बसों का ढाँचा कैसे आख़िर तैयार होता होगा! दो कुत्ते जली हुई बस के साये में आरामफ़र्मा थे।

अनिकेत को सड़क तक छोड़ने सुखपाल आया था, जिसकी औपचारिकताएँ भी सहज लगती थीं। उसने आज रात रुकने की बात सुझाई। कहा, आगरा और जयपुर टीम की मीटिंग बाद में भी हो लेगी। अनिकेत को 'सेल्स मीट' के बहाने

रितु से मिलने के लिए जाना ही जाना था, इसलिए तय यह हुआ—यहाँ से किसी निजी वाहन पर टँग कर पटियाला जाना होगा, वहाँ से रात के दस बजे हरियाणा रोडवेज़ की एक बस पेहवा, इस्माइलाबाद होते हुए दिल्ली जाती है।

यंह जगह शहर के बाहर थी। कैंचिया मोड़ पर पुलिस वाले ज़रूर थे पर शाम के नाते ज़रा-सी आवाजाही बढ़ गयी थी। दूध का एक टैंकर और खुली हुई एक जीप आई जिसमें कुछ औरतें और बहुत सारी बकरियाँ थीं। अनिकेत को ऐसी सवारियाँ साधने से परहेज न था पर दोनों संगरूर तक ही जा रही थीं।

शाम चढ़ रही थी और उनका इन्तज़ार बढ़ता जा रहा था। सुखपाल ने दिल्लगी की, ''सर क्यों मुश्किल में पड़ते हो? कुछ उल्टा-सीधा हो गया तो? होने वाली भाभी को हम क्या मुँह दिखाएँगे?''

जैसा कि होता है, सेल्स टीम जल्द ही द्विअर्थी बातों पर उतर आती है, यहाँ भी अट्ठाइस वर्षीय अनिकेत को लेकर 'डबल' चलने लगा। तब तक एक कार आती हुई दिखी। हाथ दिया। कारचालक ने ऐसी तेज़ ब्रेक लगाई कि सड़क की चीख निकल गयी। यह बूझते ही कि कार उनके ही हाथ देने से रुकी, दोनों दौड़ पड़े।

कार में दो जने थे। एक ड्राइवर साइड और दूसरा कंडक्टर साइड। सुखपाल ने उनसे बात की। उन्होंने सुखपाल से पूछा, जाना कहाँ है? और क्या दोनों जा रहे हैं? जवाब में 'पटियाला' सुनकर उन दोनों ने एक-दूसरे को देखा और बताया कि वे भी पटियाले ही जा रहे हैं।

कार के भीतर आते ही अनिकेत ने अपनी आँखें बन्द कर राहत की दो छोटी-छोटी साँसें लीं। ख़ुशी से उसकी मुट्ठी भिंच गयी थी। आँखें खोल सामने देखा तो पाया, सामने जो आईना (रियर-व्यू मिरर) था, उसमें से दो जोड़ी आँखें उसे देखे जा रही थीं। अपलक। जब अनिकेत की निगाह आईने की उन नज़रों से मिली, तब तक कार चल पड़ी थी। बठिंडा छूट रहा था और अगली सुबह उसे दिल्ली में होना था।

अनिकेत की नज़र फिर-फिर सामने उठी तो पाया कि आईने से वे दो जोड़ी आँखें अब भी उसे देखे जा रही हैं। उनकी आँखों में गम्भीरता और अपरिचय का गहरा भाव दिख रहा था। निगूढ़। अनिकेत को भारी बेचैनी होने लगी, पर उसने आँखों ही से मुस्कराकर टाल दिया और खिड़की से बाहर देखने लगा। बाहर जो लाईलाज़ अँधेरा था, वह सुबह की रोशनी के इन्तज़ार में पसरा हुआ था।

सामने बैठे लोगों ने अपना परिचय दिया, ''मुझे लकी कह सकते हैं और इसे (कार चला रहे शख़्स की ओर इशारा कर) मेजर कहा जाता है। और सर, आपका परिचय?''

अनिकेत, "अनिकेत दीक्षित, रहने वाला गाँव बौली, ज़िला देवरिया का हूँ। रहता चंडीगढ़ में हूँ।"

लकी, "काम क्या करते हैं?... यह लैपटॉप है?"

अनिकेत, "जी हाँ। साथ में इंटरनेट भी।"

लकी, "फोन भी होगा?"

अनिकेत, "वह भी है।"

लकी, "काम नहीं बताया?"

यह सवाल अनिकेत को खटका, पर उसने जवाब में अपनी कम्पनी का नाम बताया और अपना पद भी, जो हर छः-सात महीने में तबादलों के साथ बदलता रहता था।

मेजर, "सर, आपका पहचान-पत्र भी होगा?"

अनिकेत, "हाँ। कई सारे हैं।

मेजर, "सर, बुरा न मानें तो आपका पहचान-पत्र देख सकता हूँ?"

अनिकेत भला क्यों बुरा मानता! कार चल रही थी। सड़क पर शाम की गर्म हवा के बाद अब वातानुकूलन से अनिकेत सुस्त हो रहा था। कार्ड निकाल ही रहा था कि उसका फोन बजा। सुखपाल था। कह रहा था, "दिल्ली पहुँच कर ख़बर कर देना बॉस।" अनिकेत ने हँसी में लपेटकर कहा, "पहले दिल्ली पहुँचने तो दो।"

फोन से ध्यान हटा तो पाया कि लकी उसकी ओर देख रहा है। अनिकेत ने अपना विज़िटिंग कार्ड थमा दिया। कार्ड निरखते हुए लकी ने पूछा, "सर, आप दिल्ली जा रहे हैं?"

अनिकेत, "जी।"

लकी (अनिकेत को प्रश्नवाची निगाह से देखते हुए), "पर आपने तो हमें पटियाला बताया था?"

अनिकेत, "मतलब?"

लकी, "अरे! मतलब तो आप मुझे बताएँगे।"

अनिकेत अचम्भे में पड़ गया। हँसने की अधूरी कोशिश करते हुए बताया, "दरअसल पटियाला से दिल्ली के लिए रात के ग्यारह बजे की बस है। दंगे के कारण भटिंडा में कर्फ़्यू था और वहाँ से बस सेवा आज ठप्प थी।"

लकी, "सर, इसमें हँसने की बात कहाँ थी! आप हमारी गाड़ी में बैठ हम पर ही हँसेंगे?... अगर आपको दिल्ली जाना था तो हमें पूरी बात बतानी थी।"

अनिकेत (परेशान होते हुए), "जी।"

लकी, "जी, क्या? बताना चाहिए था या नहीं?"

अनिकेत, "हाँ।"

लकी, ''तो बताया क्यों नहीं?''

अनिकेत, ''हमें लगा पटियाला बताने से काम हो जाएगा।''

लकी, ''काम? कौन-सा काम? आप हैं कौन? ये काम, दिल्ली, झूठ...ये सब क्या लगा रखा है आपने, मिस्टर अनिकेत? ...यह आपका वास्तविक नाम है या नहीं? अनिकेत (सँभाल कर बोलते हुए), ''आप मेरा कार्ड देख लीजिए। (हँसते हुए) आप तो पुलिस वालों सी हरक़त करने लगे हैं।''

फोन फिर बजने लगा। बॉस थे। ''यस सर, कल पहुँच रहा हूँ...हाँ...हाँ। एक कमरा मेरी ख़ातिर बुक करा दीजिएगा। रात के दो-ढाई बज ही जाएँगे।... थैंक यू सर!

फोन से ध्यान हटा तो पाया कि लकी की गर्दन उसकी तरफ़ घूमी हुई है। अनिकेत ने आँखों से पूछा, 'क्या?'

लकी, ''सर, एक बात कहूँ? क्या आप सिस्टम में यक़ीन नहीं रखते? आप हमारे आगे फोन को तरजीह देंगे? यह हमारा अपमान नहीं है? या आपको नाफ़रमानी की आदत है? आप मुझे अपना पहचान-पत्र नहीं देंगे?''

अनिकेत, ''अभी मैंने अपना विज़िटिंग कार्ड दिया तो था!''

लकी, ''कब? कब दिया, साहब? इसके मानी तो ये हुए कि मैं झूठ बोल रहा हूँ?... मेजर, क्या मैं झूठा हूँ?''

अनिकेत उसे दुबारा अपना कार्ड देता है और जाने क्यों उसके मन मे ख़्याल आता है कि रितु से बात हो ही जानी चाहिए। बेबात की उसकी नाराज़गी अलग ही मुश्किल का सबब है।

लकी कार के भीतर बल्ब जलाता है पर उसकी हरक़तों से अनिकेत समझता है कि उसे कुछ भी साफ़ दिखाई नहीं दे रहा है। लकी खिड़की का शीशा नीचे करता है। कहता है, ''मुझे रोशनी की बजाय अँधेरे में पढ़ना आसान लगता है।'' पर उसके हाथ से कार्ड छूट जाता है। लकी अपना हाथ अनिकेत की तरफ़ बढ़ा देता है। अनिकेत दिग्भ्रम की हालत में उस चौड़ी हथेली पर तीसरा कार्ड रख देता है।

लकी, ''मेजर, यह बिज़नेस कार्ड है। यह तो कहीं भी छप सकता है। अनिकेत साहब, अगर यही आपका नाम है तो, हमें क्षमा करिएगा, पर क्या आप हमें कोई ऐसा पहचान-पत्र नहीं दिखा सकते जो सरकार की ओर से दिया हुआ हो?... सरकार पर आप को यक़ीन तो होगा? हमें है।''

अनिकेत की थकी समझ दग़ा दे रही है। ये क्या हो रहा है? वह लकी से कहता है, ''आप मुझ पर भरोसा रखें।''

लकी, ''भरोसा? उसे ही क़ायम रखने के लिए तो हम आपका कार्ड माँग रहे हैं, वीरजी। क्या आपको हम पर भरोसा नहीं है? देखने में आप हिन्दू ही जान पड़ते

हैं, पर यह शर्तिया साबित हो जाए तो सफ़र सुहावना रहेगा। है न?... और हाँ, जहाँ तक भरोसे का सवाल है, आपके लम्बे जीवन की कामना करते हुए मैं आपको एक मूलमन्त्र देता हूँ—भरोसा सिर्फ़ प्रेम में ही नहीं, व्यवसाय में भी घातक होता है।''

अनिकेत कोई जवाब दिये बिना, अपना ड्राइविंग लाइसेंस निकाल कर दे देता है। हैंड ब्रेक के पास जो चबूतरेनुमा जगह है वहाँ काँच की दो ग्लासें, रेड वाइन की बोतल और चिप्स का एक पैकेट रखा हुआ है। अनिकेत के डी.एल. को अपनी जेब के हवाले करते हुए लकी तीसरा ग्लास निकालता है। ''क्या लेंगे, अनिकेत साहब? वाइन, ह्विस्की या दम?'' दम के लिए लकी उसे चिलम दिखाता है जो सामने रखी हुई है। बुझी हुई।

अनिकेत इंकार करता है। वे ज़िद करते हैं। अनिकेत दूनी ज़िद से मना करता है, ''मैं, दरअसल पीता ही नहीं हूँ।'' इस पर लकी ग्लास पीछे खींच लेता है। सामने के आईने से अनिकेत को देखते हुए पूछता है, ''अच्छा अनिकेत साहब, अगर यही आपका नाम है तो, क्योंकि अभी तक आप साबित नहीं कर पाये, व्यवस्था में आपका कितना यक़ीन है?''

अनिकेत को इस नामाक़ूल प्रश्न का जवाब नहीं जँचता। वजह कि सीधे-सीधे वह किसी व्यवस्था में यक़ीन नहीं रखता है। जो है, वह इतना बुरा है कि यक़ीन सम्भव नहीं है, गुजर भर हो रही है। जो नहीं है, उसमें यक़ीन क्या, वह तो है ही नहीं और उसके स्वप्न मात्र बिकते हैं।

लकी पहली बार उससे कड़ाई से पेश आते हुए पूछता है, ''देश में यक़ीन तो होगा, बिरादर?''

अनिकेत को इस प्रश्न का जवाब नहीं सूझता। छोटी-सी हुंकारी से काम चल सकता है। अनिकेत, ''हाँ।''

लकी, ''वाह रे खिलाड़ी! देश में यक़ीन है, और हमारी व्यवस्था में नहीं?'' लकी वाचाल मशीन में तब्दील होता जा रहा था। ''हमारा सिस्टम देखिए, हमने आपको टॉप क्लास गाड़ी मुहैया कराई, एयर कंडीशन, महँगी शराब, जो आप पी नहीं रहे।... अब आप यह न कहना कि इसे पीना आपके बूते में नहीं। यह कहना दरअसल हमारा अपमान होगा।... और इस देश की शिक्षा व्यवस्था का भी।''

अनिकेत की समझ खुल नहीं पा रही थी और उसने मान लिया कि शराब ने इनका सर पकड़ लिया है। उसने अपनी आवाज़ नीचे की, ''लकी जी, बुरा न मानें तो एक बात कहूँ? आपका सवाल इक्कीस आने सही है, पर क्या हम थोड़ी देर बाद इस विषय पर बात करें?''

लकी, ''शौक़ से, मिस्टर।''

अगले दस मिनट फ़ैसलाकुन बीते।

लकी ने एक पंजाबी गाना बजा दिया—इक ख़बर सुनी है वो सच्ची है या झूठी/पा के यारा दी झाँझरा गैरा दी डेरे नच्ची। अनिकेत को लगा कि कोई सुनसान है जो बज रहा है। उनके बीच जो यह तनाव उभर आया था, उस पर स्टीरियो की आवाज़ लोरीनुमा लगी थी। इस बीच अनिकेत के दो फोन आये। पहला फोन माँ का था। उसने कहा, ''माँ मैं थोड़ी देर में लगाता हूँ।'' हुआ यह कि अनिकेत के फोन बजते ही लकी ने स्टीरियो की आवाज़ तेज़ कर दी थी। बहुत तेज़। जैसे शादियों के फूहड़ उत्सवों में होता है। लकी ने अनिकेत के फोन रखते ही आवाज़ मद्धम कर दिया और ऊपर लगे आईने के रास्ते अनिकेत की तरफ़ एक तिरछी मुस्कान उछाली।

अगला फोन बॉस का था। लकी ने आवाज़ फिर ऊँची कर दी। इस बार अनिकेत से रहा नहीं गया। जब तक वह आवाज़ कम करने की दुहाई देता, फोन कट चुका था। लकी ने आवाज़ नीची कर दी। अनिकेत ने दुबारा फोन मिलाया और जैसे ही बात का मिसरा उठाया कि लकी ने इस बार आवाज़ बेहद-बेहद तेज़ कर दी। आजिज़ आकर अनिकेत ने लकी को कन्धे से पकड़ कर हिलाया। कहा, ''आप जान-बूझकर मुझे परेशान कर रहे हैं, मिस्टर।''

लकी के आदेश पर मेजर ने काले सुनसान में गाड़ी रोक दी। दोनों चुपचाप अनिकेत को देखते रहे। सामने के आईने से नहीं, बाक़ायदा पीछे घूम कर। दो जोड़ी आँखों से लगातार घूरे जाना अनिकेत झेल नहीं पाया और वह खिड़की से बाहर झाँकने लगा। बाहर अँधेरा था, जो उसे बेबस कर रहा था। औचक ही बोल पड़ा, ''लकी साहब, लिफ़्ट देने के लिए शुक्रिया। आप मुझे यहीं छोड़ दीजिए।''

लकी कुछ कहे बिना गाड़ी से उतर गया। मेजर अलबत्ता उसे घूरता रहा। अनिकेत अपना सामान सहेजने लगा और लकी ने पीछे का दरवाज़ा खोल दिया। अनिकेत उतरने की तैयारी करने लगा। उतरते हुए लैपटॉप बैग को जैसे ही आगे बढ़ाया, लकी ने गाड़ी का दरवाज़ा ज़ोर से बन्द कर दिया। यह सब इतनी तेज़ी और कारीगरी से हुआ कि अनिकेत सारा कुछ समझ गया।

फाटक बन्द होते ही मेजर ने सेंट्रल लॉक डाल दिया और उछलते हुए अनिकेत को गर्दन से जकड़ लिया। उन दोनों का संघर्ष तब तक चला, जब तक कि लकी ने अनिकेत को पीछे की सीट में दबाकर तीन-चार थप्पड़ नहीं लगा दिये। इस अपमान की वजह से वह निरा चुप होकर इन दोनों को देखने लगा।

लकी, ''अनिकेत साहब, आपने ख़ामख़ाँ मुद्दा बना दिया। चोट तो नहीं आई? मैने आपको गाड़ी से उतर जाने दिया होता, पर आपका ड्राइविंग लाइसेंस मेरे पास था और उसे दिये बिना आपको जाने देना मुझे अच्छा नहीं लगता।'' फिर वह

मेजर से मुख़ातिब हो गया, ''उन्होंने मुझे कन्धे से छुआ भर था और तुमने उनकी गर्दन तोड़ दी।''

अनिकेत उसी कैफ़ियत में गिरा पड़ा था। उसके चेहरे पर हज़ारों-हज़ार भावों की आवाजाही मची थी। अगर वह आईना देख पाता तो एक नयी पहेली सुलझा देता—उसका अपना चेहरा तब कैसा दिखता है, जब वह डरा हुआ हो!

मस्तिष्क के उस हिस्से से, जहाँ प्रेम के सुनहले फूल मुर्झा रहे थे और टूट-टूट कर गिर रहे थे, यह आभास उसे मिल रहा था कि एक आख़िरी बार रितु से बात हो ही जाए। उसी मस्तिष्क का एक बड़ा हिस्सा जो माँ के फोन से अभी उबरा नहीं था, कह रहा था कि दरअसल लकी सही है, उससे ही कोई चूक हो गयी और लकी ने वाक़ई डी.एल. देने के लिए ही दरवाज़ा बन्द किया था।

वह सँभलने लगा। गीत-ग़ज़ल बन्द हो चुकी थीं। कार की गति नहीं से नहीं थी तो 110 या 120 कि.मी. प्रति घंटे की। ऑस्ट्रिया में मारे गये सन्त के कारण जो दंगे हिन्दुस्तानी पंजाब में दुर्गन्ध की तरह फैले थे, उसका सीधा असर इस कार की गति पर दिख रहा था कि यह कार सूटासूट भागे जा रही थी। प्रभाव का ऐसा नियम अनिकेत ने आज तक नहीं देखा था। सन्त की हत्या से कार की गति प्रभावित। वह ख़ुद को दूसरे-तीसरे ख़्यालों में ले जाना चाहता था। इन दिनों सुखद जीवन का एक सूत्र यह भी था कि बार-बार आप ख़ुद ही में कोई ग़लती ढूँढ़ें ताकि उसका निवारण भी अपने हाथ में हो।

लकी ने चिप्स का पैकेट पीछे बढ़ाया। अनिकेत ने चिप्स मुँह से लगाया ही था कि लकी हँस पड़ा, ''अनिकेत साहब, अब आपने हमारा नमक खा लिया है।'' अनिकेत भी हँसने लगा। अभी गाड़ी संगरूर से गुज़र रही थी, हद से हद घंटे भर का सफ़र और था। लकी ने कुछ याद आने जैसी मुद्रा बनाई और कहा, ''चलिए, आपकी पहचान का सवाल भी हल कर लेते हैं। सच-सच बताइये, आप हिन्दू हैं या मुसलमान... या ईसाई या कुछ और?''

अनिकेत, ''हिन्दू हूँ, सर।''

लकी, ''सर कह कर शर्मिन्दा न करें। फिर भी, हिन्दू हैं तो दंगे के दिन बाहर सड़क पर क्या कर रहे थे?''

अनिकेत, ''मैं हिन्दू होने के साथ निजी ही सही, पर एक संस्था का मुलाजिम भी हूँ। आज हमारे पंजाब टीम की मासिक बैठक थी और कल दिल्ली में होना मेरे लिए अनिवार्य है।''

लकी, ''ऐसा! कोई सबूत? कल की मीटिंग का? दिल्ली को तुम सबने आसान टार्गेट समझ रखा है और इस देश की जनता को मूर्ख। कहीं तुम बठिंडा इस ख़ातिर तो नहीं आये थे कि पावर प्लांट उड़ाने की योजना बना सको?'' इतना कह

कर लकी ने एक मँझोली मुस्की मार दी। "जस्ट किडिंग। डोंट माईंड।... पर आप ख़ुद बताइये, क्या मेरे सवाल ग़लत हैं? या ग़ैर-ज़रूरी हैं?"

अनिकेत ने सहमति जताई तो लकी ख़ुश हुआ और राहत की साँस ली। कहा, "प्रश्न स्थापित करना सर्वाधिक कठिन और महत्त्वपूर्ण होता है, मिस्टर। और अब जब मेरा सवाल आपके अनुसार सही है तो कृपया जवाब दें। जल्द से भी जल्द।"

अनिकेत बार-बार खीझ रहा था और हर बार कठिन प्रयत्नों से ख़ुद को सँभाल रहा था। वह ऐसी चूक नहीं करना चाह रहा था जिससे सामने वाले नाराज़ हो जाएँ। फिर भी बोल पड़ा, "कैसा सवाल?"

लकी, "आपकी पहचान का। संकट तो बस पहचान का ही होता है।"

अनिकेत, "आपके पास मेरा ड्राइविंग लाइसेंस है, आप जाँच सकते हैं।"

लकी, "पहचान की ख़ातिर और क्या है आपके पास?"

अनिकेत, "मतदाता पहचान-पत्र है, पैन कार्ड है।"

लकी (मेजर से), "मेजर, यार वह बांग्लादेशी तुझे याद है जिसकी लंगोट से दो मतदाता पहचान-पत्र बरामद हुए थे?"

मेजर कोई जवाब नहीं देता, गाड़ी की रफ़्तार ज़रूर बढ़ा देता है।

लकी (अनिकेत से), "साहब, दिल पर मत लेना। आपने मतदाता पहचान-पत्र का ज़िक्र किया तो बांग्लादेशी याद आ गये। वैसे आप कुछ और बताइये, कैसे साबित करेंगे कि आप अनिकेत हैं? कि आप हिन्दू हैं? कि आप किसी प्राइवेट फ़र्म में मैनेजर हैं? कि आप दिल्ली किसी मीटिंग में जा रहे हैं जो, अगर आपका कहा मानें तो, आतंकवादी संगठन की मीटिंग नहीं है? कैसे?"

अनिकेत की साँस उखड़ चुकी थी। पूछा, "आपलोग मुझसे क्या चाहते हैं?" लकी, "एक मामूली सवाल का जवाब।"

अनिकेत, "सर, आपको इन काग़ज़ात पर भरोसा करना चाहिए।" यहाँ अनिकेत ज़रा ठहरा, आफत की साँस लेकर बोल पड़ा, "आख़िर यही सवाल आपसे हो तो आप क्या जवाब देंगे? आप बताइए, मैं भी वैसे ही साबित करने की कोशिश करूँ।"

लकी, "पहली और आख़िरी बात मिस्टर अनिकेत कि हमसे यह सवाल पूछा नहीं जा सकता। क्योंकि यह सिस्टम हमारा है। हमने इसे तैयार किया है। इतनी लम्बी गाड़ी, शराब, संगीत, गति, मुफ़्त का सफ़र...ये सब हमने आपको दिया है। इसलिए हमसे कोई प्रश्न नहीं बनता। इस देश से, जो दिन-दहाड़े आपकी ज़मीन को ज़रा बढ़ी क़ीमत देकर आपसे ख़रीद लेता है, आप उस लाखों रुपए में इस क़दर डूबते-उतराते हैं कि नशा उतरते ही आपके पास जीने का कोई साधन नहीं बचता। ऐसे सिस्टम से आप सवाल पूछ सकते हैं? नहीं पूछ सकते। अलबत्ता वह कभी भी

आपको उठा ले जाएँगे और कुछ भी पूछेंगे। आप मेरी बात का अन्यथा न लें, बन्धु। गाड़ी के बाहर जो तन्त्र है, वह जब चाहे तब आपसे वह सब कहलवा सकता है जो वह चाहता है। जबकि हम तो इसके उलट, सारा जवाब आप पर छोड़े हुए हैं।''

अनिकेत को इसकी समझदारी भली लगी। उसे लगा कि बात बन सकती है। आख़िरी कोशिश में कहा, ''मैं अनिकेत हूँ। मैं अट्ठाइस साल का हूँ और मैं झूठ नहीं बोलता। मेरे पास सारे काग़ज़ात हैं जिन्हें हमारा देश पहचान-पत्र के बतौर स्वीकार करता है। आप मेरे घर, मेरी माँ, मेरे दोस्तों से बात कर लें।''

लकी, ''पत्नी, बच्चे?''

अनिकेत, ''शादी नहीं हुई।''

लकी, ''प्रेमिका?''

अनिकेत, ''हाँ है।''

लकी, ''सुन्दर है?''

अनिकेत ने इस शब्द को ऐसे ही लिया जैसे वह किसी गाली को लेता और कुछ भी कहने से ख़ुद को रोक लिया।

लकी, ''फिर, आपकी प्रेमिका से ही बात होगी।... क्यों मेजर?''

मेजर, ''डी.एल., एलेक्ट्रोलर कार्ड, पैन कार्ड?''

लकी, ''ठीक, पहले उन्हें ही जाँच लेते हैं।''

लकी अपनी चौड़ी हथेली पसार देता है जिस पर अनिकेत एक-एक कर सारे पहचान-पत्र रख देता है। लकी उन्हें तौलने के अन्दाज़ में उछालता है। हँस कर कहता है, ''आपकी पहचान का वजन कम है। सारे विज़िटिंग कार्ड्स रख दें।''

अनिकेत चकित होते हुए सारे विज़िटिंग कार्ड्स रख देता है। उसे तौलने के अन्दाज़ को दुहराते हुए वह बाएँ हाथ से खिड़की का शीशा नीचे करने लगता है, फिर कार्ड्स को बाएँ हाथ में लेकर देखता है और सारे कार्ड्स खिड़की से बाहर उछाल देता है।

ये सब अनिकेत के सामने हो रहा है। खिड़की का शीशा उतारते हुए देख कर ही वह समझ गया था पर कुछ कह नहीं पाया। पर जैसे ही उसने कार्ड्स फेंकने का यह दुर्भाग्यपूर्ण दृश्य देखा, लगभग उछलते हुए पीछे से उसने लकी की गर्दन पकड़ ली। उसका हाथ लकी की गर्दन पर कसता जा रहा था; पर वह भूल गया कि वे दो थे।

मेजर ने गाड़ी रोक दी। अपना जूता निकाला और उससे अनिकेत के सर पर मारने लगा। दोनों ने उसे इस तरह खींच लिया था कि अनिकेत का पैर पिछली सीट और सर हैंड ब्रेक के पास था। मेजर अनिकेत को तब तक जूते से पीटता रहा जब तक कि लकी सँभल नहीं गया। उन दोनों ने पुनः अनिकेत को पिछली सीट पर

बिठाया, पर अब अनिकेत के दोनों पैर मज़बूत रस्से से बँधे हुए थे। अनिकेत की ख़ातिर इस सृष्टि की देह पर जो दृश्य बच रहा था वह यह कि अनिकेत का दायाँ हाथ मेजर के हाथ में था और बायाँ लकी के हाथ में। अनिकेत का चेहरा दुख के चिह्न में बदल चुका था और लकी अफ़सोस जता रहा था कि अनिकेत को कार्ड्स की बात दिल पर नहीं लेनी चाहिए थी। लकी ने थोड़ा समय लिया और लहजे को नर्म करते हुए कहा, ''अनिकेत साहब, हम आपके किसी एक हाथ का अँगूठा तोड़ने वाले हैं। यह सुनना था कि अनिकेत ने पूरे ज़ोर से अपना हाथ छुड़ाना चाहा। पर उन दोनों की पकड़ मज़बूत थी। इतने कम समय में यह सब हो रहा था, फिर भी अनिकेत ने सारी कोशिशें कर लीं--नाकाम ज़ोर-आज़माइश, सबकुछ न्योछावर कर देने की विनती। उसे लग रहा था कि शोर उसे बचा सकता है। पर लकी ऐंड कम्पनी भी लामक़सद नहीं थी, ''मेरी बात सुनो, अनिकेत। प्लीज़। शान्त बैठिए वरना हम आपके दोनों हाथ तोड़ देंगे।''

अनिकेत पर शायद लकी की बात का असर हुआ या क्या हुआ कि वह स्थिर हो गया। उसके शरीर की नस-नस किसी रस्सी की तरह तन चुकी थीं और समय किसी अकुशल नट की तरह उस पर खड़ा था। अंग टूटने के अनुभव से वह सर्वथा अंजान था। लकी और मेजर आपसी बहस में उलझे थे कि कौन-से अँगूठे पर ज़ोर लगाया जाए। मेजर ने कहा कि आज उसका मंगलवार व्रत है। यह सुनना भर था कि लकी ने अनिकेत दीक्षित के बाएँ हाथ का अँगूठा मोड़ कर तोड़ दिया। फिर तो जो हुआ वह यह, कि लगा उसकी चीख से कार की छत फट जाएगी। उन दोनों ने अनिकेत का हाथ छोड़ दिया था और वह बीच की जगह में, बेहोश, गिरा हुआ था।

बाँस की खपच्चियाँ और क्रेप बैन्डेज़ से अनिकेत का अँगूठा बाँधने के बाद लकी ने उसके सर पर धार छोड़ कर पानी गिराया। रोशनी इतनी नहीं थी कि कूल्हे की कोई नीली नस ढूँढ कर इंजेक्शन लगाया जाए, इसलिए लकी ने न्यूरोवियान 500 एम.जी. से भरा-पूरा एक इंजेक्शन अनिकेत की दाहिनी बाँह में उड़ेल दिया।

आख़िरशः अनिकेत को होश आया। दर्द इतना था कि हथेली से कन्धे तक की सारी नसें फटी जा रही थीं पर उसकी कराह, दर्द और अपमान दोनों के लिए थी। लकी ने अपने तईं अनिकेत का इलाज़ किया था। हालाँकि दाहिनी बाँह की सूजन बाईं के मुक़ाबिल कम थी, फिर भी अनिकेत दाहिनी बाँह तक उठा नहीं पा रहा था।

दाहिनी बाँह के ख़्याल से यह अफ़सोस उसे उठा, कि काश लकी की बजाय मेजर की गर्दन पकड़ी होती। ऐसा करने पर सम्भावना यह थी कि कार किसी पेड़ से टकरा गयी होती या सड़क के किनारे गड्ढे में चली गयी होती। वह पीछे बैठा था, जिस कारण उसे चोट आने की सम्भावना कम-कम ही थी। पर हिंसा उसके मूल

भाव में ही नहीं थी, इसलिए ही वह ऐसी ग़लतियाँ करता गया।

यह अफ़सोस अनिकेत के भीतर कहीं ऐसी गुम चोट कर गया कि वह रोने लगा। बेकल कर देने वाली रुलाई। वह रोना इतना करुण था कि सामने बैठे सज्जन भी विचलित हो गये और लकी ने बचे हुए सारे उँगलियाँ तोड़ने की धमकी देकर उसे चुप कराया।

अब उसे एहसास हो रहा था कि वह अपने जीवन, अपने लोगों को किस शिद्दत से चाहता है! अब तक वह अपने साथ कितनी लापरवाहियाँ करता रहा! अट्ठाइस की औसत उम्र में वह अफ़सोस और ग़लतियों का कारख़ाना बन चुका था। वह बेतरह सोच रहा था कि रितु से ज़्यादा उसे रितु की आज़ादी से प्रेम करना चाहिए था। जो झगड़े उनके बीच प्रेमिल शुरुआत थे, अब जी का जंजाल बन गये थे। उसे समझ आ रही थी कि तानों से अपना काम निकालने का जो तरीक़ा उसने अपनाया, वह असफल रहा। उसे ख़ुद से बहुत उम्मीदें थीं और अब एक-एक कर उसके मस्तिष्क के सभी कोने-अँतरों से वे उम्मीदें अपनी अधूरेपन के अफ़सोस में फन उठा रही थीं।

माँ पर तो यह दाँव नहीं खेला जा सकता पर अनिकेत के चेहरे की जो हालत हो चुकी थी, उसे देखकर उसकी माँ के अलावे उसे कोई पहचान लेता, इसकी सम्भावना कम थी। रोने से उसकी आँखें बाहर निकल आई थीं। चेहरे का जो रंग हुआ था, उस रंग की संज्ञा का आविष्कार अभी बाक़ी था। ललाट और बाक़ी के किनारे सरदर्द से सूज गये थे।

लकी, "हमने तय किया है कि आपकी लख़्ते-जिगर से आपकी पहचान की पड़ताल करेंगे। इजाज़त दें?"

अनिकेत की बाँहों में इतनी भी कुव्वत नहीं बची थी कि फोन उठा कर उन्हें दे दे, इसलिए लकी ने पीछे पलट कर अनिकेत की जेब से फोन निकाल लिया। अनिकेत था कि लकी की आँखों में देखे जा रहा था। लकी ने हँसी बिखेरते हुए मेजर से कहा, "मेजर, मुझे डराया जा रहा है।"

अनिकेत का फोन लकी स्कैन करने लगा। मैसेज बॉक्स में पहला ही सन्देश रितु का था, जिसे लकी सस्वर पढ़ रहा था और अनिकेत चुप बैठा हुआ था। बे-भाव। बे-शिक़न। उन दोनों ने आपस ही में पढ़ना शुरू किया। पढ़कर कभी मुस्कराते, कभी ठठा पड़ते और कभी सिसकारियाँ भरने लगते। पाँचेक मिनट बीते होंगे कि लकी ने ग़ुस्से में उबलते हुए कहा, "शर्म आती है मुझे इस देश की नौजवान पीढ़ी पर। ऐसी ही भाषा सिखाई गयी है आपके घर-आँगन में?"

अनिकेत ने कुछ नहीं कहा। अपने भीतर कहीं, अपलक देखता रहा।

लकी, "रिंग जा रही है पर कोई फोन उठा नहीं रहा। कहीं आपका प्रेम भी

आपकी पहचान की तरह झूठा तो नहीं?'' लकी ने रितु का नम्बर देखा और सोचते हुए कहा, ''नम्बर तो भारत का ही लगता है। क्यों अनिकेत साहब, अब?''

अनिकेत, ''ऑफ़िस में होगी।''

लकी, ''रात वाला व्यवसाय है क्या?'' यह कह कर दोनों हँस पड़े।

अनिकेत, ''बी.पी.ओ का नाम सुना होगा आप सबने?''

लकी, ''ख़ूब सुना है।... सॉरी, अगर हमारा मज़ाक अच्छा न लगा हो तो। रियली सॉरी, पर आप हमें अपमानित करने वाले सवाल पूछ कर बाएँ हाथ का अँगूठा सहलाने पर मज़बूर न करें।''

संयोग या दुर्योग, एक भ्रम है जिस पर भरोसा इंसानियत और मस्लेहत, दोनों का तक़ाजा होता है। इसका असर यह हुआ कि अनिकेत ने समर्पण कर दिया। लकी, रितु को फोन पर फोन लगाये जा रहा था पर अनिकेत जानता था कि वह फोन क्यों नहीं उठा रही है! दो दिन पहले किसी मामूली बात पर उनके बीच झगड़ा हुआ था, पर कोई अजनबी अगर प्रेम के होने या न होने का सवाल पूछे तो उसे भर बताया जा सकता है—प्रेम है या नहीं है। प्रेमिका से झगड़ने की बात बताने का चलन नहीं है, पर अब होना यह था कि लकी और मेजर यही मामूली सवाल उसकी पहचान के सन्देह में लपेट कर पूछने वाले थे। यहाँ अनिकेत ने ग़लती की और ख़ुद ही अपने प्रेम की मुश्किल बता दिया।

लकी, ''और कितने झूठ बोलोगे, भाई?''

तब तक अनिकेत की नज़र बाहर गयी और सड़क की ओर देखते हुए वह बेसाख्ता बोल पड़ा, ''यह लुधियाना है।''

मेजर, ''हाँ, है तो लुधियाना। आप सो चुके थे, इसलिए हमें रास्ता बताने वाला कोई नहीं था। सोचा कि आपको पुलिस के हवाले भी करते चलें।''

अनिकेत, ''आप लोग यह सब क्यों कर रहे हैं?'' हालाँकि इतना भर कहने में अनिकेत को अच्छी मशक़्क़त करनी पड़ रही थी।

हालात के आगे समर्पण कर देने के बाद, अनिकेत का मन-मस्तिष्क अलबत्ता ख़ूब-ख़ूब पीछे जा रहा था। वह पंजाब के सारे शहर-क़स्बे पहिचानने लगा था। कई रातें तो उसने पंजाब के गाँवों में ही निकाल दी थी। किसी ने पहचान की ख़ातिर आज तक उससे कुछ नहीं पूछा था। पाश, बीबी नूरा, शिव कुमार बटालवी, सुरजीत पातर, गुरदयाल सिंह के गाँवों में गया था। पंजाब के धनी लोक संगीत में अनिकेत की रुचि गहरी थी और इन दिनों बीबी नूराँ के पोते, दिलबहार से उसकी अच्छी छन रही थी। दिलबहार जब भी मिला, बीबी नूराँ का गाया वह गीत ज़रूर सुनाता था, कुल्ली राह बिच पाई असा तेरे, कि औन्दा जाँदा तकता रवीं ओ। दोनों एक बैंड स्थापित करने की बात बना चुके थे जो सिर्फ़ तफ़रीह नहीं थी।

गाड़ी स्टेट बैंक ए.टी.एम. के पास रुकी।

लकी, "अनिकेत साहब, पेट्रोल?"

अनिकेत, "मतलब?"

मेजर, "कितने क्रेडिट कार्ड्स हैं आपके पास?"

अनिकेत चुप रहता है। लकी और मेजर सामने के आईने से उसे देख रहे हैं। इस बीच उन्हें जैसे कुछ याद आया।

मेजर, "गाड़ी के काग़ज़ कहाँ हैं?"

लकी, "दराज़ में।"

मेजर, "देखो, हैं भी या नहीं।"

लकी सामने की दराज़ खोल, काग़ज़ ढूँढने के क्रम में सारा सामान बाहर निकाल कर रख रहा है। सबसे पहले उसने बड़े फाल का चाकू निकाला है।

मेजर, "अनिकेत भाई, कितने क्रेडिट कार्ड्स हैं आपके पास?"

लकी चाकू के बाद दो हाथ लम्बी रस्सी निकालता है। फिर कुछेक काग़ज़ और अन्त में एक रिवॉल्वर निकालता है जो शायद देसी कट्टा है।

कुछ देर की ख़ामोशी और लकी आगे से उठ कर पीछे आ जाता है। सवाल अब भी वही है पर अब लकी, अनिकेत के बाएँ कन्धे पर हाथ रखता है। उसका हाथ नीचे फिसलने लगा है। अनिकेत बोल पड़ता है, "एक।"

मेजर, "और डेबिट कार्ड्स?"

मेजर के इस प्रश्न और लकी की अगली हरक़त के बीच ख़तरनाक लय सधी हुई थी। मेजर के इस सवाल तक लकी का हाथ, अनिकेत की बाँहों पर धीमी रफ़्तार में फिसलते हुए, उसकी कुहनी तक आ चुका था। पर इस सवाल के बाद लकी ने फिसलाने की गति इतनी तेज़ कर दी कि अनिकेत को जैसे कोई दौरा पड़ गया हो। वह बोले जा रहा था, "दो, दो हैं, दो ए.टी.एम., मुझे माफ़ कर दीजिए, दो हैं, दो हैं, बस दो, प्लीज़ लीव मी, दो हैं, दो हैं..."

उसकी साँस थी कि बस आ रही थी, अन्दर जा नहीं पा रही थी। इस वजह से वह लुढ़क गया था। जब उसकी बची-खुची साँस थमी, तब उसने मससूस किया कि लकी का हाथ, उसके बाएँ हाथ की कलाई और अँगूठे के बीच कहीं, किसी रेल की तरह ठहरा हुआ है। लकी अपना हाथ बढ़ाकर अनिकेत के जींस से उसका वॉलेट निकाल लेता है। तीन हज़ार के क़रीब नगद है। दो ए.टी.एम. कार्ड, एक क्रेडिट कार्ड, कई सारे विज़िटिंग कार्ड्स और एक बहुत छोटा रुद्राक्ष है।

लकी, "इसका इस्तेमाल कैसे होगा?"

अनिकेत की आँखों पर धुन्ध छाई है। दर्द इतना है कि वह कहता है, "मुझे डॉक्टर के पास ले चलो।" फिर उसे अपने अँगूठे का ख़्याल आता है और अब

लकी के सवालों का जवाब देना चाहता है। पर रुद्राक्ष वाली घटना की रील उसके मन में दौड़ जाती है।

अनिकेत को कम्पनी ने पहली बार गाड़ी दी है और उसे सबसे पहले रितु को दिखाने दिल्ली आया हुआ है। रितु अपना 'लवली कमेंट' पेश करती है, "जब तुम मैनेजर की तरह बन-सँवर के आते हो तो ज़रा भी अच्छे नहीं लगते।"

अनिकेत, "ओके मेरी माँ, अभी गाड़ी देखो। टोयोटा इनोवा, 2009 मॉडल।

रितु, "वो तुम्हारी ग्रीन टी-शर्ट क्या हुई? क्लीन शेव होकर क्यों आये हो?"

अनिकेत, "अरे यार! अभी सिर्फ़ गाड़ी की बात।"

रितु, "तुम्हारी पुरानी साइकिल से ज़रा ही अच्छी है।"

दोनों हँसते हैं। रितु ख़ूब हँसती है। कहती है, "मैं भी कार चलाना सीख रही हूँ।"

रितु के घर से थोड़ी दूर आगे सिग्नल गहरा लाल हुआ पड़ा है कि एक फकीर गाड़ी की खिड़की पर दस्तक देता है। रितु, अपनी सहजता के अतिरेक में, ऐसे सभी लोगों को भिखमंगों की श्रेणी में रखती है और अक्सर भीख देती है, पर उनकी उम्र तथा शरीर की बनावट के अनुसार उन्हें काम भी बताने लगती है। कभी-कभी भिखमंगे इससे नाराज़ हो जाते हैं। एक ने तो रितु का सिक्का लौटा भी दिया था। ख़ुद को दुनिया की सबसे होशियार जीव समझने वाली, बेहद भोली रितु समझ नहीं पाती कि उसकी समझाइशों में नाराज़ होने वाली कौन-सी बात है!

वह फकीर इन दोनों की जोड़ी सलामत रहने जैसे आशिर्वाद देता है और मोर पंख से अनिकेत का सर भी सहलाता है। इस पर रितु हँस कर कहती है, "अरे! मैनेजर साहब के बाल बिगड़ गये।" अनिकेत फकीर की बातों से बेइन्तिहा ख़ुश होकर उसे बीस रुपये देता है और बदले में फकीर अपनी वाली पर उतर आता है। फकीर, रितु के लिए एक रुद्राक्ष देता है। कहता है, "इसे हर वक़्त अपनी जेब में रखना।" पर अपनी रितु किसी फकीर से कम तो नहीं। कहती है, "जाओ बाबा, अपना काम करो।... ये सब फंटूशगिरी किसी और पर निकालो।" अनिकेत जैसे-तैसे उसे मनाता है। फकीर को नहीं, रितु को। वही रुद्राक्ष यहाँ उसे कार में दिख रहा है, रितु ने जिसे रखने से मना कर दिया था।

मेजर, "ए.टी.एम. का पिन नम्बर?"

अनिकेत, "2883"

लकी, "किसका?"

अनिकेत, "दोनों का।"

हैरान मेजर ए.टी.एम. कार्ड्स लेकर नीचे उतर जाता है। अनिकेत इस क़दर बिखर चुका है कि किसी ख़्याल के लिए भी वह ख़ुद को एकाग्र नहीं कर पा रहा है। उसे भी लकी के अकेले होने का एहसास होता है और वह आख़िरी कोशिश करता है। उसकी आवाज़ टूट रही है। शब्द बिखर-बिखर जा रहे हैं। एक शब्द टूट कर दो हो जा रहे हैं और शब्द का दूसरा हिस्सा दूसरे शब्द से मिल, नया शब्द बनाता है, जिसका कोई अर्थ नहीं, पर अपने तईं उसकी यह आख़िरी कोशिश है, "आपलोग ऐ साक्यों करर्र रहे हैं? मूजे डोक्ट रके पास ले चलेओ।"

लंकी अनिकेत की ओर देखता है। उसे शायद दया आती है या यह भी कोई अदा है कि वह कहता है, "हम यह सब क्यों कर रहे हैं, यह कौन-सा सवाल आप बाँधे हुए हो? कोई न कोई कारण तो होगा ही। हो सकता है हम अस्पताल से भाग कर आये हों! क्योंकि जब हमें वहाँ ले जाया गया हो तब आपके जैसे हाड़-मांस के पुतलों से ख़ूब मिन्नतें की हों।"

यहाँ जब अनिकेत को लगने लगा कि वह विक्षिप्तों के बीच फँस गया है तब तक लकी ने दूसरी कहानी शुरू कर दी, "...हो सकता है, हमें पैसे चाहिए। जैसे हमारी माँ बीमार हो, उसे दवा-दारू देनी हो; या हो सकता है हमारे भीतर क्रोध बहुत हो, जो कि आप देख ही रहे हैं। हो यह भी सकता है—जब सरकार ने आपसे कहा हो कि उन्होंने हमें डराये-धमकाये बिना हमारी ज़मीनें ख़रीद लीं या यह भी कि हमने ख़ुशी-ख़ुशी अपनी ज़मीनें उन्हें दे दी हों। आज से बीस साल पहले पचासों लाख रुपये ज़मीन के लिए मिलना, आप कल्पना भी नहीं कर सकते। कइयों को लगा हो कि इतना तो वे पूरे जनम की खेती से नहीं कमा सकते। जिन्होंने अपने खेत बेचने में देर की या नहीं बेचा, हम उन्हें अपने पास भी नहीं फटकने देते हों। ख़ुद मेरी बारात हेलीकॉप्टर से गयी हो। दुल्हन हेलीकॉप्टर की चमक से नीली पड़ जाए।... पर इससे पहले कि हम होश में आते हम सड़क पर आ गये हों। उस आमदनी का एकमात्र सबूत यह गाड़ी, हो वरना हेलीकॉप्टर की तस्वीरें भी खो गयीं। बताइये, आपकी सरकार हमारे साथ बेहतर सलूक नहीं कर सकती थी?"

अनिकेत, "मेरी सर कारन हींहै।"

इस रिरियाहट पर लकी का मन हुआ कि इसका अँगूठा दबा ही दिया जाए, पर तब तक मेजर आता हुआ दिखा। कार के शीशे पर कोई कीड़ा चिपका हुआ था। उसे हटाते हुए ही लकी को बताया, "स्टेट बैंक के अकाउंट में सत्ताइस और आई.सी.आई.सी.आई में पैंतीस हैं।"

लकी, "बस्स?"

अनिकेत को लगा उसके लिए यह आख़िरी मौक़ा है। बता दिया कि पहली

तारीख़ को मेरी तनख़्वाह आ जाती है, आप उसे रख लेना। और क्रेडिट कार्ड भी है, लैपटॉप है, मोबाइल है, कपड़े हैं, पर... अभी मुझे मार डालो न ना ना... मुझे डॉक्टर के पास ले चलो।

दोनों हँसते हैं। अनिकेत से लैपटॉप और बैग पैक लेकर पीछे डिक्की में डाल देते हैं। उसका जूता उतार लेते हैं। मोज़े भी। पैर का बन्धन खोलते हैं, पैंट उतार कर फिर बाँध देते हैं। उसे लगता है कि शर्ट उतारते हुए वे लोग उसके दर्द का ख़्याल रखेंगे पर नहीं रखते और फिर जो अनिकेत की दशा होती है, वह मरे हुए इंसान के बराबर है। अनिकेत की आवाज़, जो किसी गूँज में तब्दील हो चुकी है, उसे ख़ुद समझ में नहीं आती है... पर वह कहता है, "सारा कुछ तो ले चुके, अब मुझे यहीं छोड़ दो।"

लकी कहता है, "थैंक्स फॉर योर मनी ऐंड एवरीथिंग, पर अभी तो आपकी शिनाख़्त बाक़ी है मेरे दोस्त। ये मुल्क़ हमारा है।"

कार दौड़ रही है और अनिकेत के भीतर सबकुछ सूख चुका है। डर और चिन्ता से अलग जीने भर के लिए जो मामूली साहस चाहिए, वह भी अनिकेत को छोड़ चुका है। उम्मीद की लकीर धुआँ-धुआँ दिख रही थी। उसका फोन लाउड-स्पीकर पर डालकर लकी, रितु को फोन मिलाये जा रहा था, और कह रहा था, "अनिकेत साहब, आपको प्रेम की बाबत झूठ नहीं बोलना चाहिए था।"

अनिकेत के पास इतनी भी क्षमता भी नहीं बची थी कि वह चुप रहने का भी निर्णय ले पर उसकी ज़बान नहीं फूटी। फोन रितु नहीं उठा रही थी। सबकुछ ले चुकने बाद दोनों की बेचैनी बढ़ती जा रही थी। कार अब जी.टी. रोड पर थी और दो सवारियाँ देख कर लकी ने फोन रख दिया। कहा, "अनिकेत साहब, अब बता भी दो, कौन हो आप! पता नहीं किसका नम्बर दिया है! और हम सच्ची पुलिस के पचड़ों में नहीं पड़ना चाहते।"

अनिकेत अब भी इनके इशारे नहीं समझ रहा था। कहने लगा, "मेरा फोन नम्बर देख वह नहीं उठायेगी। उसे एक एस.एम.एस कर दो।"

लकी मुस्कराया। बोला, "मान लो अभी हम तुम्हारी हत्या करें, उसके ठीक पहले तुम किससे बात करना चाहोगे?"

अपनी मृत्यु की बाबत विचार मात्र से वह चिहुँक गया। उसकी समझ ही में नहीं आया कि सामने वाला ऐसा क्यों कह रहा है! अब उनके कहे पर उसे भरोसा हो गया था। पहली बार उसने यह सोचा कि वह मर भी सकता है! उसने अपने स्वप्निल जीवन के कितने चन्दोबे तान रखे थे। इस भय को आत्मसात करने में उसे कई मिनट लग गये। मृत्यु के ख़ौफ़ से उसकी लुटी हुई चेतना वापस आ रही थी। सड़क और अँधेरा, सब साफ़-साफ़ दिख रहे थे। अब जितना भी उसका जीवन बचा

था, वह समझ नहीं पा रहा था कि उस मामूली समय में वह क्या-क्या कर डाले! क्या-क्या सोच डाले! उधर जैसे ही लकी ने इसके बाएँ हाथ पर अपना हाथ रखा, वह बोल पड़ा, ''रितु से।''

लकी, ''गुड ब्वॉय!... जानते हो मेजर, ये पहला शिकार है जिसे मारने का मन नहीं हो रहा।''

लकी ने फिर रितु को फोन मिलाया, पर रितु थी कि फोन नहीं उठा रही थी।

अनिकेत यही चाहता था। यह फोन कॉल अँधेरे की छत में आख़िरी सूराख़ थी। अनिकेत जानता था कि रितु उससे नाराज़ है और उसका फोन नहीं उठाने वाली है। अब जब तक वह किसी बहाने से उसे मना न लेगा—दिल्ली जाकर, उदास मेल लिख कर, पैर की चोट उभरने की बात का बहाना लेकर (इस बहाने पर वह अनिकेत को देखने एक बार चंडीगढ़ चली आई थी और पाया था कि महाशय आराम से घूम रहे हैं, फिर जो डाँट लगाई थी कि पूछिए मत। मान-मनौव्वल की शर्त इस पर टूटी थी कि रितु को सेक्टर सत्रह के बुक स्टॉल से जेम्स जॉईस की फिन्नेगंस वेक, यियुन ली की थाउज़ेंड ईयर्स ऑव गुड प्रेयर्स और जोनाथन को की द टेरिबल प्राइवेसी ऑव मेक्स्वेल सिम दिलाई जाए) बुलाया जाए वरना तब तक वो नाराज़ रहेगी और अब यही ख़ासियत अनिकेत की जान बचा सकती थी।

अगर इसी तरह, सुबह हो गयी तो? यह इनके सम्बन्ध का सबसे बुरा हिस्सा था जो इतना कारगर साबित हो सकता था, तो सोचो ज़रा, अच्छा कितना अच्छा होगा! अनिकेत को जब यह सिहरता हुआ ख़्याल आया तो उसने अपने आपको समेट कर कहा, ''लकी, तुम जो कहो, मैं करने के लिए तैयार हूँ, जो माँगो, मेरी सारी ज़मीन, जायदाद...मैं अपने शरीर का जूता बना कर आपलोगों के पैरों में पहनाऊँगा पर प्लीज़, मुझे ज़िन्दा कहीं उतार दो। तुम्हारा बहुत एहसान होगा। मैं पुलिस के पासं नहीं जाऊँगा। मेरा भरोसा करो।''

रितु के फोन नहीं उठाने की खीझ लकी के चेहरे पर दिख रही थी। लकी (अनिकेत से), ''तुम्हारे जैसे नामुराद, जीवन के आख़िरी मौक़े पर माँ-पिता को छोड़ प्रेमिका से बात करना चाहते हैं, और तुम ज़िन्दा रहना चाहते हो?... ये बताओ, दिल्ली में क्या उड़ाने का इरादा है? बठिंडा पावर प्लांट क्यों आये थे? क्या चाहते हो तुम लोग?''

अनिकेत की खीझ झलक आती है। लकी से कहता है, ''मैं भी उतना ही इस देश का हूँ, जितना तुम हो। मैं लुटेरा नहीं हूँ।''

अनिकेत का बायाँ हाथ लकी, धीरे-से अपने हाथ में ले लेता है। इतने मात्र से अनिकेत का चेहरा विरूप हो गया।

लकी, ''हम लुटेरे हैं?''

अनिकेत, "नहीं।"

लकी, "कौन लुटेरा है? (मेजर से) गाड़ी कच्ची पर उतार... (अनिकेत से) लुटेरा कौन है?"

अनिकेत मन ही मन यह भाँपता है कि लकी ने रितु को फोन मिलाना बन्द कर दिया है और उसने अपनी साँस रोक ली है। लकी, अनिकेत के अँगूठे को छूना शुरू करता है। पूछता है, "बठिंडा क्यों आये थे? दंगे के दिन बाहर क्या कर रहे थे?"

अनिकेत अपनी बात कि सेल्स मीट में आया था... पूरी भी नहीं कर पाता कि लकी उसका अँगूठा खींच देता है। चीख-रुलाई तो दरकिनार करिए, अनिकेत वहीं के वहीं गिर जाता है। होश बाक़ी है। लकी "बठिंडा क्यों आये थे?"

अनिकेत के शब्द नहीं फूट रहे हैं। पायदान की धूल उसके मुँह पर चहलक़दमी कर रही है। लकी के हाथ में वह बाँह अब भी है।

लकी, "बठिंडा ही क्यों?"

अनिकेत समर्पण कर देता है, कहता है, "पावर प्लांट के लिए।"

लकी उसका हाथ ज़ोर से फ़र्श पर पटक देता है। मेजर से ग़ालिबन अन्दाज़ में कहता है, "क्यों, मैं न कहता था!" मेजर की कलाई घड़ी में मंगलवार बीत चुका है, इसलिए ख़ुद रस्सी उठाता है। लकी गाड़ी के अन्दर है और मेजर उधर का दरवाज़ा खोलता है, जिधर अनिकेत की गर्दन पड़ी है, जबकि रितु के फोन का सिंगटोन बज रहा है।

पंजाब में गन्ने की खेती कम होने तथा मेजर के ग़लत जगह की चुनाव की वजह से लकी चिढ़ा रहता है। इसलिए मुख्य सड़क पर आते ही वह मेजर को गालियाँ देने लगा। गोबिन्दगढ़ मंडी तक आते-आते उसकी गालियाँ सूख चुकी थीं और नींद भी घेर-घेर कर मार रही थी कि तभी एक सरदारजी दिखे। उनके साथ एक महिला थी और दोनों कार के पीछे आ रही बस को देख खड़े हो गये। मेजर ने रेस दबा दिया।

मेजर (लकी से), "दो हैं।"

लकी, "किराये की बात करना, मुफ़्त बैठाओगे तो नहीं आएँगे।"

मेजर, "दिल्ली?"

सरदार, "नहीं, अम्बाला।"

मेजर, "चालीस रुपये।"

तब तक बस आ पहुँचती है और सरदारनी बस से चलने की ज़िद करती है। सरदारनी कहती है, "बस छूट जाएगी।" सरदार सोचता है, बस रुकते-रुकते जाएगी। समय ज़्यादा लग जाएगा। लकी इनके हाँ-न का मूड भाँप रहा है। कहता

है, ''वो जी, बस तो आपको अम्बाला कैंट पर ही छोड़ देगी। हम शहर तक ले चलेंगे।''

सरदार, सरादारनी की ओर हँस के देखता है। दरअसल, अम्बाला कैंट से अम्बाला शहर आठ किलोमीटर दूर है। कैंट से ऑटो रिक्शा रात-दिन मिलते हैं, पर रात में वे रिज़र्व ही जाते हैं और मनचाही क़ीमत वसूलते हैं। जितना सरदार को पता है, उसके मुताबिक़ रात में ऑटो रिक्शा से सफ़र असुरक्षित है। दूसरी तरक़ीब यह है कि अम्बाला छावनी पर उन बसों का इन्तज़ार किया जाए, जो शहर की तरफ़ ले जाएँ। अपने क़रीब के बस स्टेशन से घर के लिए रिक्शे का इन्तज़ार लम्बा हमेशा नहीं होता, पर अक्सर बहुत समय ज़ाया जाता है, क्योंकि कालका चौक से आगे बढ़ते ही आप पाएँगे कि सड़क की मरम्मत चल रही है और महीनों से चलती आ रही है।

* कथा शीर्षक जगदीशचन्द्र के उपन्यास 'ज़मीन अपनी तो थी' से

मित्र की उदासी

बहुत समय पहले की एक बुलन्द बात है, इस नगर में दो दोस्त रहते थे। सलोने सिंह और नीलकंठ गोसाईं।

पाँच-साढ़े पाँच की उम्र रही होगी, जब नीलकंठ पहली बार पढ़ने गये। सारा दिन रोते रह गये थे। रुलाई से आँखों का काजल चेहरे पर पसर गया था। उनके रोने में 'माई रे-माई रे' की लकार बँधी थी। उन्हें चुप कराया था सलोने सिंह नाम के बच्चे ने, जो उसी 'छुटकी गोली' कक्षा के छात्र थे। नन्हे सलोने ने नीलकंठ को मित्रता के पहले उपहार में एक सबक दिया, ''स्कूल में मैं अपनी माई को 'मम्मी रे' कहकर रोता हूँ।''

वे बेजोड़ निकले। उन्हें कभी किसी तीसरे की ज़रूरत नहीं पड़ी। पढ़ाई-लिखाई और दुनियादारी में औसत से भी नीचे रहे। आपस में ही ऐसी गिटिर-पिटिर करते कि फेल होने से बच जाते थे। बहुत हुआ तो किसी तीसरे से कुछ सवाल पूछ लिया। फिर तो उस तीसरे की ख़ुशी का ठिकाना नहीं होना था। दरअसल, सबके सब इनकी तरफ़ मुँह उठाये रहते थे मानो, टिकाऊ दोस्ती का ट्यूशन चाहते हों।

समय की सामान्य रफ़्तार से और सिनेमा की साधारण धुनों पर वे बड़े हुए। दोनों बड़े सिनेमाबाज़ निकले। गंगा टॉकिज की सभी कुसियों पर बैठकर लगभग उतनी ही फ़िल्में देखी थीं, ऐसा उनका विनम्र कीर्तिमान था। 'बेताब' देखकर सलोने अमृता सिंह से फँस गये थे और अमृता डार्लिंग को धुआँधार चिट्ठियाँ लिखीं। आँधी, बरसात या अनुशासन से जिन फ़िल्मों का पहला शो छूट जाता, उसे फ़्लॉप घोषित कर देते थे।

सिनेमा से ही उन्हें पहला-पहला धोखा मिला। एक सिनेमाई पत्रिका में इस गहरे आशय का लेख पढ़ा—पुरानी फ़िल्मों में प्रेम की स्थिति पैदा होते ही फूलों को लिपटते-चिपटते दिखाया जाता है। नीलकंठ ने इसे कई बार पढ़ा और फाड़ डाला। धोखे पर धोखा। अब तक वे दृश्यों को फूल-पत्ती मानकर देखते आये थे। प्रेम के सघन दृश्यों की ओर बढ़ती फ़िल्म में फूल-पत्ती का अचानक दिखना क्रम-भंग की तरह होता था—नायिका नायक को चूमने वाली है—कट—फूल+पत्ती—कट—गोद

में बच्चा। वे फूल के मुहावरे नहीं जानते थे। इस तरह हज़ारहाँ रंगीन कल्पनाओं से वंचित रह गये थे। इस गहरी निराशा में उन्होंने तीन निर्णय लिये।

इन निर्णयों तक पहुँचने के लिए दोनों ने जिस शिल्प का इस्तेमाल किया, वे शिल्प इनके शानदार जीवन का अन्दाज़ था। उनकी अब तक की कमाई थी। पहला कुछ कहता और चुप हो जाता। दूसरा इस ख़ामोशी के घनत्व से सटीक निर्णय निकाल लेता था। उनकी यह कला इतनी ज़बरदस्त थी कि भूलकर भी वे दोनों आपस में निर्णयों की जाँच नहीं करते थे।

फ़िल्मी धोखे वाली शाम को वे गंगापार की रेत पर निराश बैठे थे। कितना पैसा फूल-पत्ती देखने भर से उड़ा दिया। डूबते सूरज को नदी में देखते हुए दुखी नीलकंठ ने कहा, ''सिनेमा हॉल का मैनेजर शिवपुर से आता है।'' इतना कहकर वापस नदी को देखने लगे थे।

सलोने का मतलब समझते ज़रा देर लगी। नीलकंठ की ख़ामोशी पढ़कर पहला निर्णय लिया—मैनेजर को उसके मुहल्ले में ही पीट देना है। सलोने भी कुहनियों पर टिके, आसमान निहारते हुए बोल पड़े, ''तुम्हारी लिखावट अच्छी है।''

यह इतनी सीधी-सपाट बात थी कि उनके चुप होने से पहले ही नीलकंठ निर्णय तक पहुँच गये। सिनेमाहॉल में एक तख़्ती इस गहरे अर्थों की टाँगनी है—'मित्रो, जब फ़िल्म में फूल-पत्ती दिखे तो समझो मामला गड़बड़ है और बाक़ी के दृश्य अपने मस्तिष्क में रच डालिए।' नीलकंठ ने एक मुश्किल सवाल कर दिया, ''मस्तिष्क में छोटी इ का मात्रा लगाऊँ या बड़ी ई की मात्रा?'' सलोने फँस गये। जवाब दिया, ''मस्तिष्क लिखना ज़रूरी है? माथा लिख दो।''

दोनों का दुख बस इतना था कि काश थोड़ा समझदार रहे होते तो अब तक कितना आनन्द मिला होता! नीलकंठ की बेचैनी स्पष्ट हो गयी थी, जब उन्होंने कहा, ''ट्यूशन, सुबह की बजाय शाम के बैच में करा लो, सलोने।''

गोल दुनिया के होशियारों को 'बैच बदलना' ही तीसरा निर्णय लगा होगा। यह तो कही हुई वह बात थी जिसके बाद की ख़ामोशी को सलोने ने डिकोड किया—बहुत हुआ फूल-पत्ती और बहुत हुआ इशारा-विशारा, अब सीधा मॉर्निंग शो। सिर्फ़ वयस्कों के लिए। इन तीन महान निर्णयों के बाद वे देर तक बालू पर पसरे रहे।

नतीजे तक पहुँचने की इनकी अनोखी रचना-प्रक्रिया पर दुनियादारों के बेहतरीन ख़्याल थे—साले, दोनों के दोनों पागल हैं। पहला कुछ कहता है। दूसरा कुछ का कुछ समझता है और अंटर-पंटर निर्णय ले लेते हैं। वैसे, समूची दुनिया तथा इन मित्रों की आपस में बिल्कुल नहीं बनती थी। इन दोनों का भरोसा था कि इस कला की बदौलत ही ये विश्वविद्यालय में प्रवेश पास कर गये थे।

विश्वविद्यालय में इनकी मित्रता और निखर गयी। समान विषय। एक ही बेंच। समान पसन्द की लड़कियाँ। पढ़ाई में एक बराबर की अरुचि। यहाँ हाजिरी अनिवार्य थी। फिर भी किसी दिन नीलकंठ क्लास नहीं आते, सलोने के लिए यह दुनिया नयी और अटपटी हो जाती थी। वे अपने बगल में अजनबियों को पाते। उनसे हाय-हॅलो भी करते पर जैसे अपरिचितों से मिल रहे हों। इत्तफ़ाक़न उस दिन किसी से बातचीत शुरू हो भी जाती पर अगले दिन नीलकंठ की वापसी से वह तीसरा अपने-आप ही दूर हो जाता था। सलोने उसे पहचानते, उसका एहतराम भी करते पर बीते दिन वाली घनिष्ठता का लोप हो जाता। नीलकंठ की अनुपस्थिति के दिनों में सलोने विश्वविद्यालय का भरपूर चक्कर लगाते और नयी जगहें ढूँढ़ते थे।

बात तब की है जब परीक्षाएँ शुरू होने वाली थीं। ये प्रवेश-पत्र ही लेने आये थे, जब एक मामूली नुक्ता इनके याराने को चुभ गया। सलोने के प्रवेश-पत्र से तस्वीर उखड़ गयी थी और झूल रही थी। जहाँ तक नीलकंठ का सवाल है, उन्हें प्रवेश-पत्र नहीं मिला। इनकी हाजिरी दग़ा दे गयी। सालाना इम्तहानों में बैठने के लिए सत्तर फीसदी हाजिरी अनिवार्य थी। इनकी हाजिरी ज़रूरत से दशमलव एक फीसदी कम थी। उनहत्तर दशमलव नौ फीसदी हाजिरी पर क्लर्क ने कहा, ''मामूली चूक है, प्राध्यापकों से मिलो।''

मामला जलेबी की तरह सीधा था। दोनों दौड़ते रहे। प्राध्यापक 'क' से मिलो—केन्द्रीय कार्यालय जाओ—संकाय प्रमुख, हेड क्लर्क—छात्र अधिष्ठाता—फिर प्राध्यापक—क्लर्क—हेड क्लर्क—'अरे ये कैसे हो गया' का अभिनय करने वाले प्राध्यापक...। प्राध्यापकों का कहना था कि हाजिरी की सूची जाने से पहले मिलना चाहिए था। क़ाबिल सज्जनों ने इनकी समस्या को ऐसे सुना जैसे मज़ेदार चुटकुलों के दौरान आँख में किरकिरी आ गयी हो। संकाय प्रमुख सज्जन, आध्यात्मिक और प्रवचनबाज़ थे। करना बस ये था कि पहली सूची वापस लेकर दूसरी सूची भेजी जाए जिसमें सब अच्छा-अच्छा हो। पर सूची वापस एक ही क़ायदे पर सम्भव थी, जब किसी प्राध्यापक ने स्वीकार किया होता कि उनसे चूक हो गयी। यह सम्भव नहीं था।

शुरुआत में नीलकंठ फूट-फूट कर रोये थे। लगातार एक अज्ञात डर के शिकार रहे। कहीं साल बर्बाद हो गया तो? न जाने क्यों उन्हें लगता था, वे निर्दोष हैं। रात की अधकचरी नींद पर 'दशमलव एक' छाया रहता था। अधिकारियों से अपनी बात कहते-कहते उनका गला भर जाता था। परीक्षा शुरू होने के ठीक एक दिन पहले वे दोनों प्रवचनबाज़ संकाय प्रमुख के घर गये और उनके पैर पकड़ लिये, ''सर मेरा साल बर्बाद हो जाएगा।'' प्रवचनबाज़ शुरू हो गया, ''बेहतर जीवन की संकल्पना करो। एक वर्ष, एक ईंट की तरह है। समझो एक ईंट फूट गया। अगले वर्ष की

तैयारी करो, बेटा।''

नीलकंठ का अपराधबोध इतना गहरा था कि साल बर्बाद होने की बात अपने घर तक नहीं बताई। काश, एक क्लास भी कर लिया होता! किसी प्राध्यापक से कोई जुड़ाव होता! अपने अरमानों की फोटोकॉपी होती तो एक बार संकाय-प्रमुख को दिखाता।

सलोने ने भी परीक्षा छोड़ने का मन बना दिया था। ''एक वर्ष पहले डिग्री लेकर क्या बना लूँगा'' पर नीलकंठ को यह बात नहीं जँची। उन्हें अपनी तक़लीफ़ भुलाकर सलोने के लिए आगे आना पड़ा। समझाया। वास्ता दिया। तब कहीं सलोने इम्तहान के लिए तैयार हुए।

इम्तहानों का महीना, नीलकंठ ने सलोने के साथ ही बिताया। सोते रहते थे। मद्धिम आवाज़ में रेडियो सुनते और ख़ामोश रहते थे। उनकी ख़ामोशी के बीच सलोने कोई ऐसी बात छेड़ते जिसकी मियाद दो-तीन अधूरे वाक्यों की रहती थी।

अगले सत्र में नीलकंठ को उसी कक्षा में पुनः प्रवेश मिला। नीलकंठ को लगा, वे दुनिया से एक साल पीछे खिसक गये हैं। इस बार दुनिया में सलोने भी शामिल थे। जबकि वे फेल हुए थे, उन्हें लगता गंगा में साल भर पहले का पानी बह रहा है। हरेक घंटी के बाद सलोने उनसे मिलने आते थे। बात तो ख़ैर, उनके बीच क्या होती होगी! प्राध्यापक इतने कमाल थे कि हू-ब-हू वही बातें पढ़ा रहे थे जो पिछले वर्ष पढ़ाया था। वही पात्र, वही गति और वही चुटकुले भी प्राध्यापकों के नोट्स में थे। इसी क्रम में नीलकंठ को एहसास हुआ कि उनसे भूल हो गयी है। अब समय का पीछा करते तो भी असफल ही होना था। ऐसे ही कुछ बेतरतीब और उपद्रवी ख़्यालों से भिड़कर उन्होंने विश्वविद्यालय छोड़ दिया।

एम.ए. के छात्र सलोने विश्वविद्यालय की सड़कों को अपने चरणों से धन्य कर रहे थे और अक्तूबर की फ़ैशनेबल धूप में उनकी इच्छा यही थी कि किसी सुकन्या से सामना हो जाए। पर उनका सामना एक उड़ती ख़बर से हो, गया।

कोल किंग सूर्यभान सिंह की हत्या से उनका क्या लेना-देना था! रहे या मरे। पर जब उन्हें पता चला कि ये हत्या नीलकंठ ने की है तो वे यह भी नहीं समझ पाये कि इस पर प्रतिक्रिया क्या हो! फिर अचानक वे भक् रह गये। जैसे कोई चालू फ़िल्म देखी हो। आश्चर्य और भय से वे हँस पड़े थे। जब मामूली पूछताछ के बाद उन्हें थाने से छोड़ा गया था तब वे इस घटना के गिरफ़्त में आये। उनकी शुरुआती ग़फ़लत यही थी कि आख़िर, हत्यारे का मित्र कैसा होता है?

अपनी मित्रता पर तरस खाकर उन्होंने शहर का चक्कर लगानो शुरू किया। वे अनजानी हड़बड़ी का शिकार हो गये थे। जैसे उनकी साइकिल की चैन उतर गयी हो और उसे चढ़ाने का समय उनके पास न हो। शहर का चक्कर लगाते तीन दिन हो

चुके थे। चौथे दिन जब उन्हें दालमंडी पर गंगा टाकीज का मैनेजर दिखा तब उनकी अविराम यात्रा ठहर गयी और सबसे मुश्किल सवाल से उनका सामना हो गया—क्या नीलकंठ की कोई दूसरी दुनिया भी थी?

यह प्रश्न उनकी मित्रता पर लांछन था। बीते ढाई वर्षों पर नज़र डाला। अपनी भूल-ग़लती के एहसास पर उदास हुए, अपने को अपराधी समझा। विश्वविद्यालय, लाइब्रेरी और ट्यूशन पढ़ाने के बाद का बचा समय नीलकंठ के लिए ही था। हर पल नीलकंठ भी इनके साथ रहे। अपनी नींद की छानबीन की। पाया कि सैकड़ों स्वप्नों में नीलकंठ साथ थे। काश मैंने इस वर्ष परीक्षा छोड़ दी होती—ये सलोने का निर्दोष ख़्याल था। नगर के बच्चे-बच्चे से वे पूछना चाहते थे—मेरी अनुपस्थिति में आप उसके मित्र थे? इतना भर बता दें कि उसे बन्दूक आपने उपलब्ध कराई थी? क्या आप मुझे उन लोगों से मिला सकते हैं जो नीलकंठ के मित्र थे?

'जाने' के बराबर ही ख़तरनाक 'रुक जाने' की क्रिया भी है। अकेलेपन की सारी परिभाषाएँ सलोने पर बिछल जाती हैं। छः वर्षों बाद भी सलोने उस समय में 'रुके हुए' थे, जो समय अपने मित्र के साथ बिताया था। इतने अन्तराल पर आप आईना देखें तो अपना ही चेहरा पड़ोस में रहता आदमी का चेहरा लगेगा। इतना लम्बा समय उन्होंने, नीलकंठ के साथ अच्छे-बुरे ख़्यालों में गुजार दिया था। बतौर रोज़गार, जाली अंकपत्र और प्रमाण-पत्र तैयार कराने तथा फेल बच्चों का दाख़िला अगली कक्षाओं में कराने का काम करते थे। ऐसा करते हुए उन्हें कभी जो ग्लानि हुई हो!

सलोने को एक ख़ास समय में ठहर जाने का नुकसान भी उठाना पड़ा। जब वे चन्द्रभूषण गुप्ता के बेटे का दाख़िला कक्षा दस में कराने जा रहे थे, रास्ते में उन्हें एहसास हुआ कि साथ में नीलकंठ की साइकिल भी है। आसमान का रंग भी वैसा ही उजला है। एक बार फिर वो अमृता जानेमन को चिट्‌ठी डाल रहे हैं। जब अमृता की सेक्रेटरी का जवाब आया है तो क्यों न चमेली की शादी देखी जाए!' इन ख़्यालों का नतीजा? गुप्ताजी के सुपुत्र का दाख़िला कक्षा नौ में करा दिया। समूचा खर्च घर से देना पड़ गया था।

सलोने अपना आत्मविश्वास भी उन्हीं दिनों की खूँटी पर टँगा छोड़ आये थे जबकि व्यक्तित्व के इन्हीं हथियारों से नीलकंठ ने अपने नाम का शोर कर लिया। वरना वो अकेला अपराधी थोड़े ही है! दुनिया पूँजी निवेश करती है, नीलकंठ ताक़त निवेश कर रहे थे। हर महीने नये व्यवसाय को हाथ लगाते थे। ऐसे साहबों की कतार थी जो नीलकंठ की मित्रमंडली में शामिल होना चाहते थे। लोग नीलकंठ को पहचानने लगे थे। हज़ार लोगों ने उनके साथ बचपन में खीर खाई थी। यह छः वर्षों की सफलता थी।

छः वर्ष पहले की बात उल्टी थी। साथ छूटने की तक़लीफ़ से सलोने ही वाक़िफ़ थे। इन दिनों दूसरी मुश्किलें भी बढ़ गयी थीं। जिस नगर को चार आँखों से देखते रहे थे, अब उसे सिर्फ़ दो आँखों से देखना था। पहले ऐसा था जैसे शहर में अजनबी हों और कोई पता ढूँढ़ते हुए तय कर रखा हो : तुम दायीं तरफ़ देखो, मैं बाईं तरफ़ ढूँढ़ता हूँ। सलोने को अकेला पाकर शहर ने ख़ुद को अपरिमित विस्तार दिया था। उन्होंने अपनी उम्र में पहली बार बड़ी ग़ैबी देखा था। उनके घर से विश्वविद्यालय की दूरी इतनी बढ़ गयी थी कि छात्रावास लेना पड़ा। छः वर्षों बाद भी शहर के ढेरों हिस्से पहली बार दिख रहे थे।

ऐसे ही एक दिन तीखी धूप में वे पहली बार भारती बैंक देखने गये थे। यह बैंक नीलकंठ के साथ सुर्ख़ियों में था। धूप और थकान से लग रहा था कि वे यहाँ पहले भी आ चुके हैं। ऐन उसी वक़्त उन्हें यह भी लगा—नीलकंठ ने अपनी उदास, अनमनी, लम्बी अकेली दोपहरों तथा ताप से ताये दिनों को कैसे बिताया होगा! अपने ख़्यालों से कुश्ती ही सलोने की जमा-पूँजी थी।

सलोने आसानी से अपनी छूटी हुई मित्रता को बीती बात मान सकते थे। पर ऐसा नहीं कर पाये। कभी-कभी नीलकंठ की कही हुई कोई अख़बारी बात मन में लाते, उनकी ख़ामोशी को सोचते और फिर औरांग-ऊटाँग निर्णय लेने के रियाज़ में लग जाते। यह सिलसिला शहर (पश्चिमी) के विधायक के भाई तथा प्रसिद्ध कर्ज़ व्यवसायी के ग़ायब होने तक चलता रहा।

कहने वालों ने कहा—नीलकंठ ने विधायक को सीधी टक्कर दी।

अपने भाई की तलाश में विधायक ने पूरा ज़ोर लगा दिया। नतीजा? नीलकंठ के व्यवसाय ढीले पड़ गये थे। उनके अप्रत्यक्ष निवेशों को भी नुकसान पहुँचाया गया था। उनके परिजनों की बैंड बज गयी। जिन-जिन ने नीलकंठ के साथ बचपन में खीर खाने का दावा किया था, उन सबकी ज़ोरदार मरम्मत हुई।

फिर अचानक क्या हुआ कि नदी के तीखे मोड़ की तरह यह मामला भी घूम गया। घरवालों ने नीलकंठ से क़ानूनी तौर पर नाता तोड़ लिया। दूसरों ने नीलकंठ से खीर की कटोरियाँ वापस ले लीं। सबने उन्हें पहचानने से इंकार कर दिया था, सिवाय सलोने बाबू के। इन्हें दो-तीन पुलिस अधिकारियों ने समझाया—नीलकंठ को जानने-पहचानने से इंकार कर देना। इस समझाइश पर महाशय ख़ूब रोये थे। सोचते रहे कि कैसी दुनिया नीलकंठ ने बनाई है, जहाँ उसे कोई नहीं पहचानता। इस तरह एकमात्र सलोने ही थे जिन्होंने नीलकंठ से अपने सम्बन्ध स्वीकार किये। बताया कि नीलकंठ को जानते हैं और पन्द्रह-बीस वर्षों से जानते हैं बेचारे सलोने! क्या पिटाई हुई थी!

इन्हें नीलकंठ ने ही छुड़ाया। उन्हीं दिनों उनकी फोनिन बातचीत भी शुरू हुई

और याराना फिर चल निकला।

फरवरी में वे रिहा हुए थे। फरवरी-मार्च में दिन-रात सोना बेतुका अवसाद भर देता है, पर वे सोते रहे। अपने नगर का सामना करने में जितनी देर हो सके, करना चाहते थे। दिनों बाद जब शहर की ओर निकले, उस दिन सारे काम देर से निबटाये। घंटे भर में दाढ़ी बनाई, खूब नहाये और जब शहर के सामने गये—शहर ने उन्हें पहचानने से इंकार कर दिया।

सबके चेहरों पर 'अच्छा, अलविदा' का भाव रहने लगा था। अड्डे पर दंड प्रणाम का तरीक़ा ही बदल गया। वहाँ की बहसों में सलोने के तर्क को जल्द से जल्द स्वीकार लेते और कोई दूसरी चर्चा छेड़ देते थे। सलोने एक बार फिर शहर के चक्कर लगाने लगे। पर नीलकंठ से पहली फोनिन बात के बाद इन्होंने, जैसे याराने के बाद ख़ामोश अकेलापन और अब फिर उदास परिचय। नीलकंठ के पहले फोन पर चोटिल सलोने समझ नहीं पाये थे कि क्या कहें! भूल से भी हुई कोई औपचारिक बात मित्र को अखर सकती थी। हलो जैसे ज़रूरी शब्द को भी छोड़ दिया। आकस्मिक ख़ुशी भी नहीं थी। निराशा तो होनी भी नहीं थी।

"हाँ, बताओ?"

पर सलोने को बात करने का अपना तरीक़ा बिल्कुल पसन्द नहीं आया। अपनी आवाज़ में गर्मी लाने की कोशिश में असफल रहे। हार कर पूछा, "मेरा नम्बर कैसे मिला?"

उधर नीलकंठ भी ऐसी ही परेशानियों से उलझे रहे होंगे पर सलोने के इस सवाल पर हँस पड़े थे। जवाब का वही निराला अन्दाज़, जिसके बाद की ख़ामोशी को सलोने ही डिकोड कर सकते थे, "बेवक़ूफ़ ही रह गये?"

दोनों देर तक फोन पर रहे और अपने मौज में बतियाते रहे। बीच-बीच में कोई शब्द या अधूरा वाक्य उछाल देते थे। पूरी कोशिश रही कि पुरानी बातें न उठे। वरना, वे एक-दूसरे का सामना नहीं कर पाएँगे।

इन टूटी-फूटी बातों ने सलोने को बुखार की तरह जकड़ा। मीठे बुखार के कसैलेपन से उनके चेहरे पर ताप और मुस्कराहट फैलती रही। देर रात तक सड़कों पर आवारा घूमते रहे। याराना बातों की याद करते रहे। अगले कई दिनों तक सलोने ने किसी से सीधे मुँह बात नहीं की। 'सालो, दोस्त का मतलब जानते हो?' जैसा भाव लिये रहे।

आगे भी उनकी बात हुई। सलोने नीलकंठ की ऊँची पदवी से वाक़िफ़ थे और हल्की बातों से भरसक बचने की कोशिश करते थे। 'तुम भी यार!' ...'क्या बात करते हो' जैसे शालीन जुमलों से मज़ाक सँभाल लेते थे। नीलकंठ ने भी कभी इनके रोज़गार की बात नहीं पूछी। सलोने को यह अच्छा लगा। वे सोचते थे कि उस तरफ़

से किसी भी मदद की पेशकश उनके बीच की दूरी का सबूत बन जाती।

मित्रता महसूस किया जाने वाला सरोकार है। दूसरे किसी साझा सरोकार के न होने से उनकी फोनिन बातचीत टूट जाती थी। उन्हें यह सब कहना अटपटा लगता था कि 'अच्छा अब फोन रखता हूँ... बाद में बात होती है।'

महीनों बाद नीलकंठ ने एक दिन जमकर बात की। देर रात तक ऐसी बात कि सलोने, सलोने भी नहीं रह पाये। हरेक बात पर सलोने ख़ुद को रहस्यलोक में पाते। नीलकंठ ने अपनी नयी कम्पनी के बारे में बताया। माता फाइनेन्शियल सेक्योरिटीज़ लिमिटेड। एम.एफ.एस.एल.। वे ख़ुश थे। एम.एफ.एस.एल. की नींव रखते हुए उन्हें सलोने की बहुत याद आई थी। ऐन वक़्त पर अमृता सिंह नहीं, उसका सेक्रेटरी याद आ गया था।

सलोने जब इतनी बड़ी बात सँभाल नहीं पाये तो मज़ाक उछाल दिया— अपनी कम्पनी का नाम टेढ़ा है। जवाब में नीलकंठ ने हँसते हुए पुलिस अधिकारियों वाली बात बताई। नीलकंठ के कहने पर ही वे अधिकारी सलोने को समझाने गये थे, जिसके बाद की कार्रवाई में सलोने की पिटाई हो गई थी। सलोने हँसने लगे, "पुलिसवालों को बताना चाहिए कि उन्हें तुमने भेजा है।" वैसे सलोने ने इसे अच्छा ही माना। थोड़े शारीरिक कष्ट से मित्र की वापसी हो गयी थी।

सलोने खामोश सुनते रहे। नीलकंठ ने जिस उत्साह से कर्ज़ के उफनते व्यवसाय में अपनी दिलचस्पी दिखाई, उस पर ख़ामोश ही रहा जा सकता था। कर्ज़ व्यवसाय के माध्यम से वे शक्ति-केन्द्र बन सकते थे। साहूकारों में पैठ चाहते थे। कर्ज़ लेन-देन की रकम गुजरे।

बातचीत को हल्का करने के लिए सलोने ने अपना ही मज़ाक बनाया, "मैं भी शिक्षा का 'मिडिल मैन' हूँ।" इस बात पर नीलकंठ की मुस्कान फोन के इस पार तक झलक गयी थी।

नीलकंठ को सीधी चुनौती विधायक से थी। नीलकंठ ने बताया कि विधायक का परिवार इसी व्यवसाय में है। उसके भाई को उड़ाने में साल भर मेहनत करना पड़ा था। विधायक के भाई वाली घटना भारती बैंक को डराने के लिए थी। यह सब सुनकर सलोने का माथा ढीला पड़ गया। वे कहने लगे, "कल बात करता हूँ।" पर नीलकंठ जारी रहे।

बैंक के लिए यह इशारा था। अगर बैंक कर्ज़ वापसी और वसूली का करार विधायक से करता है तो उसे होशियार होना चाहिए। क्या पता विधायक भी लापता हो जाए। बैंक का ही नुकसान होगा। विधायकजी समझ भी नहीं पाये कि कैसे कर्ज़ वापसी का करार करके हाथ से निकल गया? तय हुआ था कि एम.एफ.एस.एल., जो कर्ज़ वसूली कराएगी, को कुल वसूली का आठ प्रतिशत मिलेगा। यह बैंक को

नीलकंठ की मित्रता का तोहफ़ा था, वरना ऐसे करारों का बाज़ार भाव पन्द्रह से बीस प्रतिशत था। नेपाल में बैठे नीलकंठ के हाथों में बाग़डोर थी। उनकी ख़्वाहिश थी कि भारत के सभी बैंक उनकी सेवाएँ ख़रीदें।

इतना सब सुनकर सलोने का साँस ही फँस गयी थी। छूटते ही छिछोरा सवाल कर बैठे, ''नेपाल की लड़कियाँ कैसी हैं?'' नीलकंठ अपनी बातों में गुम थे। इनके सवाल को अनसुना नहीं किया पर बेकार जवाब दिया, ''चाहिए तो बताओ।''

सलोने ने अब तक की उम्र मामूली दुनियादारी में गुज़ारी थी। उनके लिए इतनी साज़िश और दिमाग़दारी दूसरे ग्रह की बात थी। सलोने को लगा, यह दूसरा नीलकंठ है जिसे 'मस्तिष्क' की मात्राओं की जानकारी है। नीलकंठ ने एम.एफ.एस.एल. को लेकर ऊँचे ख़्वाब पाल रखे थे। फ़िलहाल उस महान कार्पोरेट फर्म का प्रत्यक्ष काम था—वित्तीय सलाह, शेयर निवेश और प्रत्यानयन 'प्रबन्धन'। वैसे इस एम.एफ.एस.एल. का निर्माण परोक्ष रूप से बैंकों के लिए हुआ था, जिससे कर्ज़ वसूली को एक तार्किक नाम मिले।

'प्रत्यानयन प्रबन्धन' का जो उच्चारण नीलकंठ ने किया, उससे सलोने का वह एक साख वापस लौटा कि ये अपना ही नीलकंठ है, बस संयम के साथ चल रहा है। सलोने की हँसी नीलकंठ ने पढ़ लिया था, इसलिए ख़ुद भी हँस पड़े। कहने लगे कि वे 'वसूली' नाम ही देना चाहते थे, पर उनके पढ़े-लिखे शेरों ने 'वसूली' की जगह प्रत्यानयन प्रबन्धन कर दिया था। हँसी के बाद नीलकंठ ने कहा, ''रिकवरी मैनेजमेंट की हिन्दी है, गुरु।'' सलोने हँसते रहे थे।

उस रात की आख़िरी बात। रात बस ख़त्म होने वाली थी जब नीलकंठ ने यह प्रस्ताव रखा। उनकी तरफ़ से न कोई शर्त और न ही किसी मदद की पेशकश थी। बस मित्र का सम्मान था। प्रस्ताव में आग्रह था, ''तुम, अपने शहर में, एम.एफ.एस.एल. का काम देख लो।'' वे चाहते तो इस प्रस्ताव को सहानुभूति या मदद भाव में लपेट कर लिजलिजा बना सकते थे, पर उन्हें अपनी बात, अपनी ख़ामोशी और अपने मित्र के निर्णय पर भरोसा था।

सलोने की कोई मज़बूरी नहीं थी। उनका 'मिडिल मैन' वाला मौसमी काम भी ठीक-ठाक था। न ही वे इसे मित्रता के प्रति जवाबदेही समझ रहे थे। नीलकंठ से कोई भय भी नहीं था, उल्टे वे उनकी शक्ति ही थे। सलोने भी नहीं समझ पाये कि क्यों आख़िर अपने शहर में एम.एफ.एस.एल. का काम सँभालने को तैयार हो गये!

शुरुआत में उन्हें वास्तविक अफ़सरी का बोध हुआ। अब तक देखे सभी अफ़सरों की नक़ल एक साथ उतार रहे थे। कुछ दिनों तक अँग्रेज़ी बोलने का अभ्यास करते रहे। घर की दीवारों से अँग्रेज़ी में बात करते थे। अब तक के निहायत ही अकेले जीवन ने शिष्टाचार भी भुला दिये थे। हालाँकि उनका अकेलापन, डर या

हीनता से नहीं ऊपजा था, बल्कि वह एक मस्ती थी। एक ऐसी सम्पूर्णता उस अकेलेपन में थी जहाँ ज़रूरत पड़ने पर इंसान कलाबाज़ी दिखा देता है। वरना, शिक्षा क्षेत्र के फर्ज़ीवाड़े में टिकना ऐसा आसान भी नहीं था।

पहली बार जब वे भारती बैंक के मैनेजर से मिले, उनकी ख़ुशी का ठिकाना नहीं रहा। इस शाम सलोने ने नीलकंठ को फोन लगाया। विदेशी कॉल से सलोने को अच्छा चूना लगा था पर वो बेइन्तिहा ख़ुश थे। दोनों देर तक बतियाये और हँसे। सलोने भी एम.ए. थे और उन्हें इसका अभिमान भी था पर पहली बार किसी अधिकारी से बराबरी में बात किया था। मैनेजर ने उन्हें कर्ज़दारों की सूची थमाई। सलोने ने अपना 'प्लान' बताया। यह 'कर्ज़ वापसी के एक सौ एक उपाय' जैसा घरेलू और अहिंसक प्लान था। इन्होंने सभी कर्मचारियों के गुंडे-बदमाश होने की बात नीलकंठ को बताई। इस पर नीलकंठ का जवाब था, "तुम्हें ऐसे ही लोगों की ज़रूरत पड़ेगी।"

सलोने अपने काम से ख़ुश थे, इसलिए नीलकंठ की हिदायतों का ध्यान भी नहीं रखा। अपने 'क्लाइंट' के पास वे 'बोलेरो' से जाते। ठाट था। आश्चर्य कि सभी कर्ज़दार कर्ज़वासी का वादा झट से कर लेते। जिस अन्दाज़ से एम.एफ.एस.एल. के कर्मचारी इन कर्ज़दारों से पेश आते, वह सलोने बॉस के लिए घबरा देने वाली बात थी। जब सलोने अपने मातहतों को ढेर सारे निर्देश देकर फ़ील्ड में भेजते, उनका अफ़सरी सीना गुब्बारा हो जाता। उन्होंने कर्ज़ वापसी के कुछ नारे भी बनाए—

जो समय पर कर्ज़ चुकाता है।
वह देश का भाग्य विधाता है॥

इस नारे पर आप ही ख़ुश और दनदनाता हुआ ख़्याल आया, कर्ज़ वापसी का सबक देने वाली विज्ञापन फ़िल्म बनाई जाए। दो मिनट की नैतिक फ़िल्म में एक बच्चा कहेगा—

मेरे पापा
अच्छे पापा
समय पर कर्ज़
चुकाते पापा।

यह ख़्याली बच्चा इस आप्तवचन को पूरा भी नहीं कर पाया था कि सलोने ही सबक पा गये। इन्हें काम करते हुए दो महीने हो चुके थे। नीलकंठ ने जो कुछ कहा था वह मित्र के सम्मान को ध्यान में रखकर कहा था : इनके इलाक़े की वसूली न्यूनतम थी।

अपनी कम्पनी के किसी अन्य कर्मचारी को डाँटना-बोलना सामान्य बात थी। सलोने के साथ मामला दूसरा था। बैंक का दबाव नहीं होता तो नीलकंठ ने सलोने

से वसूली वग़ैरह की बात भी नहीं की होती। नीलकंठ जैसे ताक़तवर और साहसी इंसान ने भी पहले इधर-उधर की बात चलाई, फिर लगभग आग्रह की मुद्रा में आ गये, "सलोने, तुम्हारा काम सही नहीं जा रहा है।" यह सुनकर सलोने सांख्यिकी क़िस्म की चर्चा पर उतर आये। उन्होंने साबित किया कि वे सही काम कर रहे हैं। इस पर नीलकंठ ने जवाबदेही जैसा शब्द चलाया था। नीलकंठ ने दो-तीन अन्य बातें भी बताईं, "डराओ।" "एकाध हाथ दिखाओ।" "उन कर्ज़दारों के पास भूल कर भी न जाना जिसने बैंक और साहूकार, दोनों से कर्ज़ ले रखा हो।" यह वैसी ही बातें थी जैसे फोन रखते हुए स्वास्थ्य का ध्यान रखने के लिए कहा जाता है। पर तीसरी और आख़िरी बात पर ज़ोर देते हुए नीलकंठ ने विधायक से बचने की सलाह दी। इस क्षेत्र में विधायकजी कर्ज़ व्यवसाय के ज़रूरी स्तम्भ की तरह थे। साहूकारों की तरफ़ से कर्ज़ वसूली का ज़िम्मा विधायकजी पर था।

धीरे-धीरे ही सही, पर सबने सलोने में बदलाव देखे। उनकी झूमती हुई चाल भी बदलकर कड़क हो गयी थी। दरअसल, पूरे मामले को उन्होंने चुनौती के तौर पर ले लिया था। मित्रता के जिस मॉडल पर इन दोनों ने अपना अपना जीवन जिया था, वहाँ अब तक सम्पूर्णता थी। उस मॉडल में चुनौती या तो कुछ नहीं थी या फिर अगर थी तो जानलेवा थी।

पाया कि कर्ज़दारों ने कर्ज़ वापस नहीं लौटाया है, वापसी का आश्वासन ज़रूर दिया है। ऑफ़िस का माहौल भी समझने लगे थे। उनके अलावा इस ऑफ़िस में एक मात्र पढ़ा-लिखा, मन्नू उपाध्याय था। उसे बुलाया और शाम का कार्यक्रम तय किया। पहला घात 'कार' के कर्ज़दार पर लगा। दसियों बार उस प्वाइंट को समझाया गया था। इस बार एम.एफ.एस.एल. के कर्मचारी गुंडों ने उसे भरे चौराहे पर पीटा था। सलोने 'बॉस' थे, बस, देखते रहे।

तय था कि मारपीट के बाद सबको शहर छोड़ देना है। भागते हुए सलोने को तेज़ ख़्याल आया कि इस पेशे में मिडिल मैन होना मुश्किल काम है। हर-हमेशा अपने नये किरदार को सही ठहराने की कोशिश में लगे रहे। कोई शहर हो, या कोई मौसम हो या कोई याद भी क्यों न हो, सलोने यही सोचते कि पृथ्वी पर उपस्थित हरेक पदार्थ उनके नये पेशे का समर्थक है। इन्हीं दिनों सलोने ने दो नयी सूचियाँ बनाई थीं।

दूसरी सूची उन क़ायदों की थी जिन पर चलकर पैसे बचाये जा सकते थे और कर्ज़ वापस कर सकते थे। यह चिट्ठा झल्ला देने वाले चुटकुले की तरह था—

बचत के सरल उपाय

कर्ज़ जरूर लें। कर्ज़ वापस करें। पैसा बचायें। पैदल चलें। अख़बार बन्द करें। पानी कम इस्तेमाल करें। बिजली तो इस्तेमाल ही न करें।

फोन भी क्यों—परिचितों से मन ही मन बात करें। बच्चों का स्कूल? वह क्या होता है! कम खाएँ, ग़म खाएँ। मुफ़्त की राय है। पालन करें।

पहली सूची तैयार करते हुए सलोने नितान्त अकेले पड़ चुके थे। यह सूची उन बातों की थी जिन्हें अब कभी 'नहीं सोचना' था। इस सूची में इस सवाल के सूत्र थे कि इनका जीवन क्या से क्या हो गया था!

सलोने ने तय कर लिया था कि जिस कर्ज़दार को बीच सड़क पर मारा, उसे और उसके अपमान को भूलकर भी याद नहीं करना है। इसका ख़्याल भी नहीं करना है कि नीलकंठ ने जानबूझकर उन्हें अपराधी बना दिया। न ही आगे मिलने वाले कर्ज़दारों को याद करना है। कर्ज़ माफ़ी का ख़्याल भी मिटा देना है।

जब वे शहर लौटे, नया सलोने बन चुके थे। क़ाबिल टीम के क़ाबिल कप्तान। इत्तफ़ाक़ से भी कर्ज़ वसूली को धर्म की तरह वैध मान लिया गया होता, तो सलोने को छोटे-मोटे ईश्वर मिल गया होता। वसूली के जो तरीक़े सलोने ने ईजाद किये, उसकी नक़ल होने लगी थी।

ऐसा ही एक तरीक़ा 'कार्ड' नाम से मशहूर हुआ। हाउसिंग लोन के चंगुल में फँसे सज्जन बहुत तीन-पाँच करते थे। ऐसा सरकारी तामझाम बनाया था कि सीधे-सीधे डराने-धमकाने का मौक़ा नहीं मिलता था। एक रात सलोने ने पाँच मिनट में मामला बना दिया। थोड़ी गालियाँ दीं और उनका ए.टी.एम. कार्ड ले लिया। जिस दिन तनख़्वाह बनती, उसी दिन ए.टी.एम. से पैसा निकल जाता। डर के आनुपातिक प्रयोग के साथ यह तरीक़ा ख़ूब इस्तेमाल हुआ। यह तरीक़ा इतना असरदार था कि इसे निजी उच्च शिक्षण संस्थानों में भी अपनाया, जब यू.जी.सी. का नियम आया था कि शिक्षकों का वेतन बैंक से आना चाहिए।

इन रास्तों पर सलोने को उन प्रश्नों का जवाब भी मिल रहा था जो वे वर्षों पीछे छोड़ आये थे। ख़ुद को देखकर समझ रहे थे—नीलकंठ, आख़िर नीलकंठ कैसे बना होगा! वे अपने क्षेत्र में कर्ज़ वसूली का क्रूर कीर्तिमान बनाना चाहते थे। उन्हें किसी को अपने कर्तव्यों का सबूत देना था।

सलोने कुछ 'साबित' करने के बाद शर्तिया इस पेशे को छोड़ चुके होते अगर अयोध्या प्रसाद का मामला न खुला होता। वैसे पेशे में कैसे रहा जा सकता है जहाँ अपने 'ख़्याल' पर भी लगाम कसनी पड़े!

अयोध्या प्रसाद ने बैंक से अस्सी हज़ार रुपये का कर्ज़ लिया था। मात्र दस हज़ार में दलाल और बैंक मैनेजर को निबटा दिया और सत्तर हज़ार हाथ आये। क़िस्सों में सुन लिया होगा इसलिए इतने कम पैसे में व्यवसाय करने चले थे। कपड़े का व्यवसाय शुरू किया था पर उन्हें पता भी नहीं चला, इतने रुपये कहाँ डूब गए!

अब एम.एफ.एस.एल. के सुपात्रों से पाला पड़ा तो मिमियाने लगे।

वैसे अयोध्या बेचारे बहुत शातिर थे। सौ सवालों का एक जवाब देते—कहाँ से लाये पैसा? सलोने की हौसला-बुलन्द टीम अयोध्या के घर पर जमी रहत्ती थी। सलोने इस पेशे में इतने गहरे उतर गये थे कि अयोध्या परिवार का रिरियाना उन्हें पसन्द आता था। अयोध्या की पत्नी को ये लोग बहुत सम्मान देने की कोशिश करते पर मुश्किल ये थी कि वे युवा थीं। इनके अनुसार अयोध्या ज़रूरत से ज़्यादा डर गये थे। पानी छोड़ कुछ भी माँग लो, अयोध्या का जवाब आता, "कहाँ से लाएँ पैसा?" माचिस माँगने पर जिस व्यक्ति का यह जवाब हो, वह बैंक का कर्ज़ ज़रूर लौटा सकता था।

सलोने ने बेहद आत्मीय ढंग से ठंडी और डरावनी सलाह दी, "अयोध्या बाबू, ये जीवन क्षणभंगुर है। योगनी का जीवन जियो। जो आज है, कल नहीं रहेगा। फिर क्यों ये घर रखे हो? सादा जीवन, उच्च विचार। किराये का कमरा लो और मस्त रहो। तुम क्या लेकर आये थे, जो तुमने खो दिया। स्त्री नरक का मार्ग है—परित्याग करो, खर्च कम हो जाएगा। ईश्वर में विश्वास रखो।" यहाँ सलोने ठहरे थे... "ईश्वर में विश्वास रखो और ये घर क़ुर्बान कर दो। लोग देश के लिए सन्तान तक क़ुर्बान कर देते हैं।"

सलोने प्रवचन देते हुए अयोध्या की पीठ सहलाते रहे। वे सिर झुकाये सुनते रहे। प्रवचन के बाद ख़ामोशी छाई रही। फिर सलोने ने कनखियों से अपने साथियों की तरफ़ देखा और बाईं आँख दबाकर हँस पड़े। हँसी से अयोध्या को बल मिला होगा क्योंकि उन्होंने फिर वही बात दुहराई थी, "कहाँ से लाये पैसा?" ये सुनते ही सब ज़ोर-ज़ोर से हँसने लगे थे। सलोने को इस बात में अपनी बेइज़्ज़ती महसूस हुई। उन्होंने एक दिन का समय दिया। यह कहते हुए, "तुम्हारे लिए यह आख़िरी मौक़ा और आख़िरी दिन है बेटा। वरना तुम्हें हम बताएँगे कि कहाँ से लाओगे पैसा?"

दिन भी नहीं गुज़रा था कि अयोध्या ने खेल कर दिया। सलोने की नयी-नवेली गुंडई ग़ायब हो गयी जब अयोध्या की ख़ुदक़ुशी का पता चला। फिर ये ख़बर आई कि 'चूहा मार' नक़ली था और अयोध्या अस्पताल में है। आनन्द के इस खेल में सलोने ने मृत्यु की कल्पना भी नहीं की थी। बीसों नाखून जोड़कर प्रार्थना करने लगे—कहीं अस्पताल की दवाइयाँ भी नक़ली न निकल जाएँ! अयोध्या ऐसा चार सौ बीस निकलेगा, ये कभी सोचा ही नहीं था। साला, जान पर उतर आया। मर गया होता तो उसका प्रेत उनके पीछे लग जाता।

सलोने ने इस प्रकरण को चुटकुला बना देना चाहा। हँसने से प्रभाव कम हो जाता, अपराधबोध ख़त्म हो जाता। पर ऐसा नहीं हो सका और लगभग साल भर

बाद ख़ुद को 'सोचते' हुए पकड़ा। जबकि ख़ुदकशी असफल रही थी, उनका हर दूसरा ख़्याल उन्हें ही हत्यारा बना रहा था। पहली बार नीलकंठ से जुड़े बुरे ख़्यालों की रील चलने दी। असफल आत्महत्या से घबराकर सलोने प्रत्येक ग़लती का अपराधी ख़ुद को बना देना चाहते थे। अपने ही शहर में आवारा घूमते रहे। कई दिन, कई रात। उन्हीं रातों में से एक परेशानी भरी रात में सलोने ने अपने मित्र, अपने मालिक को फोन लगा दिया।

फ़ोन पर ही रोने लगे। किसी की रुलाई सुने बहुत दिन हुए थे या जाने क्या बात थी कि नीलकंठ गड़बड़ा गये थे, "ये क्या, बे?" आत्मीय 'बे' सुनकर सलोने का रोना तेज़ हो गया था। शक्तिशाली और बेनाम बादशाह नीलकंठ मित्र का रोना तक रोक नहीं पा रहे थे। स्थिर होते ही पहला वाक्य काम छोड़ने के बारे में कह डाला जिसे नीलकंठ ने हल्के में लिया। बताया कि समूचे राज्य में एम.एफ.एस.एल. की धूम है। उन बैंकों के नाम बताये जो करार करने वाले हैं।

सलोने ने उन्हें औपचारिक बधाई दी और कहा कि मन उचट गया है। वे हत्यारा नहीं बनना चाहते हैं। इस बात पर नीलकंठ ने दहला पटक दिया—हत्यारा होना ऐसा बुरा भी नहीं है। सलोने अपनी ग़लती समझ गये कि कम से कम नीलकंठ के सामने ऐसी बात नहीं करनी चाहिए। जब 'हत्यारे' वाली चूक पर नीलकंठ से माफ़ी माँगी तब नीलकंठ अपनी उदासी दबा नहीं पाये। 'मित्रता में माफ़ी कैसी' की दुहाई नीलकंठ ने दी।

आगे जो कुछ नीलकंठ ने बताया, वह सलोने को मनाने के लिए था पर सलोने नीलकंठ की आकांक्षाओं से आक्रान्त हो गये। नीलकंठ ने बताया कि साहूकार-सभ्यता को भारत सरकार मान्यता देने वाली है। नेपाल में बैठे नीलकंठ को उस आयोग के रिपोर्ट की जानकारी थी जिसे भारत सरकार के अर्थशास्त्रियों ने तैयार किया था :

'भारतीय सन्दर्भों में साहूकार का किरदार धर्म जितना महत्त्वपूर्ण है। साहूकारों को नष्ट करने की बजाय मुख्यधारा में शामिल करना होगा। बैंक के पास मुद्रा है तथा देश के कोने-कोने में साहूकार सुसंगठित तन्त्र के साथ मौजूद हैं। दोनों मिलकर चलें। जो ऋण बैंक से ग्राहक के हाथ जाता है, उसमें साहूकार को शामिल करने से ऋण वापसी की मुश्किलें दूर होंगी। बैंक-स्थानीय साहूकार-ग्राहक की सीढ़ी बनेगा। ब्याज-दर निर्धारण में नीति निर्धारकों को साहूकार के हित का ख़्याल रखना होगा।'

फोन पर इसे पढ़ते हुए नीलकंठ की आवाज़ उन्माद से फट गयी थी। अपनी महत्त्वाकांक्षा बताते हुए उनकी साँस फूलने लगी थी। अगला विधानसभा चुनाव उनका प्राथमिक लक्ष्य था। इसके उलट, सलोने का इससे कुछ लेना-देना नहीं था।

अपने अपराधबोध में घुलते, पसीजते सलोने ने अपनी मित्रता का जवाबदेही पर ही फोन किया था, वरना काम तो उन्हें छोड़ना ही था।

सलोने के इरादे पर नीलकंठ की आख़िरी राय भय से संचालित थी। इस पेशे से जुड़ने के बाद छोड़ना ज़रा मुश्किल है। समाज में वापसी सम्भव है लेकिन प्रशासन अकेले आदमी से चाहकर भी सहानुभूति नहीं रख पाता है। नीलकंठ ने इसी समूह में बने रहने का आग्रह किया था। फिर नीलकंठ ने अपनी ख़ामोशी को पढ़ने का काम सलोने के लिए छोड़ दिया।

सलोने चाहते तो इस ख़ामोशी में छुपी चेतावनी पढ़ सकते थे। समझ सकते थे कि उन्हें जानबूझकर अकेला बताया जा रहा है। इससे मित्रता का वह मॉडल बिखर जाता। इसलिए उन्होंने ख़ामोशी को इस अन्दाज़ में पढ़ा कि नीलकंठ को उनकी फ़िक्र है। वे एक बार फिर अपनी दुनिया में जी सकते हैं।

दोस्त की सफलता के लिए सलोने ने अपने ईश्वर से प्रार्थना की। अपनी कोई इच्छा नहीं रह गयी थी पर नीलकंठ की आकांक्षाओं से परिचित हो चुके थे। हर पल अपने आपसे लड़ते हुए, अपनी ही इच्छा के विरुद्ध, एम.एफ.एस.एल. का काम जारी रखा। लोगों को जानबूझकर बताया कि ये काम छोड़ना चाहते हैं पर उन्हें इस काम का नशा हो गया है। हर पल अपनी क्रूरता की कला को धारदार करते रहे और साथ ही साथ आगामी भूलों से डरते भी रहे।

उनके ख़्यालों ने फिर से अपनी जगह बना ली थी। मिलने वालों से लगभग झुककर मिलते। मारे डर के विनम्रता की मूर्ति बने रहते। डर इस बात का कि सामने वाला उनकी बातों से घबराकर ख़ुदक़शी न कर ले। हरेक मिलने वालों को सलाह देते—कर्ज़ लोगे तो आत्महत्या भी करनी पड़ेगी। उनके भय से हुई आत्महत्या की कोशिश पर उनका ये हाल था। पर कहीं आत्महत्या सफल हो गयी होती तब सलोने का क्या होता? 'मैं किसी हिंसा में शामिल नहीं हूँ' एक पल यह सोचते पर अगले ही पल ये ख़्याल उन्हें फँसा देता, "मेरे आदेश पर ही सारी हिंसा हो रही है।"

इस विनम्रता की मूर्ति को जैसे ही इस 'टारगेट' का ख़्याल आता जो बैंक, एम.एफ.एस.एल. और नीलकंठ ने दिये थे, इनका अन्दाज़ ही बदल जाता था। हँसने लगते। हँसाने वाली बातें करते। कर्ज़दारों को अपनी थिर आवाज़ और व्यंग्य से ही मार डालने की कोशिश करते। इनके बदले व्यवहार की नोटिस सबसे पहले इन्हीं के साथियों ने ली थी—इसका अन्दाज़ा नीलकंठ के फोन से हुआ था। नीलकंठ ने घूमने की सलाह दी। इन्हें समझाया, "प्रेम कर लो, सलोने। सब सही हो जाएगा। मन्नू उपाध्याय भी पढ़ा-लिखा है। वह तुम्हारे घूमने का इन्तज़ाम कर देगा और जब तक तुम लौटोगे वह काम देख लेगा।"

अपने अभिन्न मित्र की राय पर सलोने ने कोई प्रतिक्रिया नहीं दी। अच्छा-बुरा

कुछ भी सोचा होता तो उनकी मन:स्थिति का पता चल जाता। उन्होंने अपने कमरे से सारे हथियार बाहर निकाल दिये। सोने की कोशिश की पर उनकी नींद चुक गयी थी। बेचैनी से छुटकारे के लिए छत पर पहुँचे। वहाँ खुले आकाश ने इनकी मुश्किलें बढ़ा दी। आँखें बन्द करते ही कर्ज़दार के गाँव का रास्ता दिखता था। आँखें खोलते ही असंख्य कर्ज़दारों के चेहरे दिखते थे। दाईं तरफ़ बीवी-बच्चों के सामने पिटता कर्ज़दार दिखता, घबरा कर बाईं तरफ़ घूमते तो अपने ही घर में क़ैद कर्ज़दार का चेहरा दिख गया।

हद परेशान होकर अपने ईश्वर की पुकार लगाई। एकमात्र विनती की, ''जिस कर्ज़दार को मैं टारगेट बनाऊँ, उस पर आप मेहरबान हो जाइए। कर्ज़ जितनी रकम उन्हें उपलब्ध करा दीजिए।'' रात के उजाले में इस प्रार्थना को कई बार दुहराया। जब लगा कि उनके ईश्वर कहीं और व्यस्त हो गये हैं और मदद करने, फ़िलहाल नहीं आ पाएँगे तब उन्होंने ख़ुद को टटोला। देर तक सोचते रहे—काश, मैं सबके कर्ज़ चुका पाता!

इस तरह उन्हें अपने ही साथ निर्णायक खेल खेलना पड़ा। उस रात के उजाले में लाल ठीकरे से एक टेढ़ा-मेढ़ा आयत बनाया। आयत के तीन हिस्से किये। हरेक ख़ाने के लिए एक निर्णय रखा। आँख मूँदकर गोटी डालनी थी। गोटी डालने से पहले नीलकंठ को याद किया। गोटी दूसरे ख़ाने में पड़ गयी।

कोई नहीं जान सका कि बाक़ी के दो ख़ानों में कौन-कौन से निर्णय हुए थे। पर दूसरे ख़ाने में गोटी पड़ते ही उन्होंने हवा में एक नाम उछाला—शम्भुनाथ पासी।

मन्नू ने ध्यान दिलाया कि शम्भुनाथ दो-तरफ़ा कर्ज़दार है। उस पर बैंक और किसी महाजन का कर्ज़ है। नीलकंठ ने ऐसे दो-तरफ़ा मामलों में पड़ने से मना किया था पर सलोने के अपने तर्क थे। शुरुआती तीन-पाँच के बाद धूल उड़ाती बोलोरो बड़ौरा बाज़ार पहुँची।

शाम की पीली रोशनी में शम्भुनाथ का चेहरा सलोने को हास्यास्पद लगा था। बड़ौरा बाज़ार के शम्भुनाथ पासी। मार्फ़त भारती बैंक ट्रक के लिए कर्ज़। ट्रक के नफे से परिचित, व्यवसाय और घरानों से अपरिचित। बैंक की क़िश्त। क़िश्त में देरी। बैंक की चिट्ठी। नोटिस... नोटिस से डरकर अपराध कर डाला। क़िश्त भरने के लिए बाईस हज़ार रुपये का लघु ऋण महाजन से लिया। दस रुपये प्रति सैकड़ा प्रति महीने की जानलेवा ब्याज-दर तय हुई। ट्रक चल निकला होता तो फिर ये सारे कर्ज़ चुका दिये होते। अब कर्ज़ चुकाने के लिए कर्ज़ ले रहे थे। अब तक महाजनों को सात लाख इकसठ हज़ार रुपये और इक्कीस बिस्वा ज़मीन लौटा चुके हैं। बीस लोगों का यह कुनबा पूरी ज़िन्दगी कर्ज़ उतारते ही बिता देने वाला था। अपनी कथा शम्भुनाथ पूरी नहीं कर पाये थे कि सलोने नाराज़ हो गये।

"महाजनों का कर्ज़ चुका दिये, दादा। बैंक को ससुराल समझे हो क्या?"

शम्भुनाथ चुप रहे। कुरेदने पर बताया, "महाजनों का एक लाख अस्सी हज़ार बचा है और बीच-बीच में बैंक को क़िश्त भी देते हैं।"

सलोने तरंग में थे। चुटकुले दर चुटकुले उछालते रहे। उन्होंने तीन दिन का समय दिया। वे हिदायतें भी सुनाईं कि बचत कैसे करते हैं? बात-बात पर नीलकंठ का नाम लेते रहे। वह परिवार जब माफ़ी माँगने और समय बढ़ाने की मुद्रा में आया, तब सलोने ने अपने जवाब से खेल का इकलौता क़ायदा स्पष्ट कर दिया, "हमसे पूछ कर कर्ज़ लिया था? खेत का कुछ हिस्सा बैंक के लिए रखो, दादाजी।"

वर्षों बाद, उस शाम सलोने हल्का महसूस कर रहे थे। अपने आप पर उनका भरोसा बढ़ा था। उन्हें लगा कि वे अब भी एक स्वतन्त्र और सही निर्णय ले सकते हैं। सलोने की अगली इच्छा विधायक गुट को लेकर थी। विधायक गुट को जैसे ही इसकी जानकारी हुई, वे भी सक्रिय हुए। सलोने जानते थे कि संघर्ष या संघर्ष का नाटक भी एम.एफ.एस.एल. को रोक सकता था। विधायक के साथ समूचा तन्त्र था और हल्की कुरेद की ज़रूरत थी। वह काम सलोने ने कर दिया था। यह सोच लिया था कि इस चाल से अपने मित्र को कुछ अपराधों से बचा लेंगे। नीलकंठ नाराज़ होगा पर आगे लम्बा और गजब का जीवन है। अपनी नयी ज़िन्दगी के कोमल ख़्यालों में वे बहुत दूर नहीं निकल पाये थे कि बाज़ी ही घूम गयी।

विधायक गुट, सारी शक्तियों के बावजूद, छिछोरा निकल गया। सलोने अपने हार पर मुस्कराते रह गये। छपाई की ग़लती की तरह हल्का पर सनसनाता हुआ ख़्याल आत्महत्या का आया पर उसे जाने दिया। विधायक चाहते तो शम्भुनाथ को सुरक्षा देकर, एम.एफ.एस.एल. के ख़िलाफ़ गवाही दिला सकते थे। शम्भुनाथ से जुड़े महाजनों को मिलाकर एम.एफ.एस.एल. को बन्द भी करा सकते थे। नीलकंठ का डर भी यही था। यही सोचकर सलोने ने भी 'निर्णायक' क़दम उठाया था। उल्टे विधायक गुट इस ज़िद पर अड़ गया कि शम्भुनाथ को बैंक का कर्ज़ लौटाने से पहले साहूकारों का ध्यान रखना होगा। अब यह लड़ाई कर्ज़ व्यवसाय पर कब्ज़े को लेकर नहीं रही, अहम की लड़ाई हो गयी थी।

शम्भुनाथ परिवार की दो-तरफ़ा पहरेदारी शुरू हो गयी थी।

फिर नीलकंठ ने सलोने से कभी कोई बात नहीं की। अपनी शर्मनाक पराजय और मित्र से ही धोखेबाज़ी के बावजूद सलोने ऑफ़िस जाते रहे। क़ायदे से उन्हें काम छोड़ देना था। यह विश्वास मन में जमा लिया था कि नीलकंठ की उनकी मंशा पर कोई शक़ रहा होगा। वे इतने गजब लोग थे कि पूरी प्रक्रिया को सलोने से अनजाने में हुई चूक मानते रहे।

ऑफ़िस का सारा कारोबार मन्नू उपाध्याय ने सँभाल लिया था। पराजित

सलोने कृत्रिम उत्साह के साथ मौजूद थे। शम्भुनाथ की पहरेदारी पर जाते रहे। नीलकंठ को पचासों फोन किये। नीलकंठ ने फोन काट कर इनका अपमान नहीं किया। बस फोन उठाया नहीं। सलोने ने एक फोन बाहर से किया पर इनकी आवाज़ सुनते ही नीलकंठ ने फोन रख दिया था। ऑफ़िस के साथियों का रवैया देखकर उन्हें लगता कि अगर ये नीलकंठ के मित्र न होते तो शर्तिया इनकी हत्या हो चुकी होती। नेपाल से आदेश था—अब पीछे नहीं हटना है।

यह अनकहे नियम की तरह था कि दोनों गुटों ने पहरेदारी का समय बाँट लिया था। दिन का ज़िम्मा एम.एफ.एस.एल. का था और रात में विधायकजी के गुंडे पहरेदारी करते थे। व्यवस्था वास्तव में किसी गुट की ग़ुलाम नहीं थी, यह पता करना मुश्किल था। शम्भुनाथ कुनबे को आख़िरी हद तक डराने की कोशिश चल रही थी। सलोने साथ ज़रूर थे पर मन्नू का अन्दाज़ और हथियार प्रदर्शन देखकर उन्हें ख़ुद पर शर्म आ रही थी। मन्नू में वे अपने बीते की परछाईं देख रहे थे।

जिस दिन की ये घटना है, उस दिन नाराज़ करने वाली धूप थी। जब ये लोग बड़ोरा बाज़ार पहुँचे तब पता चला कि शम्भुनाथ परिवार पर ज़ोर आज़माइश में ये लोग एक क़दम पीछे पड़ गये हैं। हुआ ये था कि उस सुबह पूरे कुनबे को निबटान के लिए एक साथ जाना पड़ा था। विधायक के गुंडे अपने घेरे में उन्हें ले गये थे। इस शक्ति प्रदर्शन से पूरे कुनबे का आत्मविश्वास ही झूल गया था।

विधायक गुट की नाराज़गी मन्नू, शम्भुनाथ के कुनबे पर उतार रहा था। बाक़ी कुनबे को घर में बन्द कर दिया गया था और शम्भुनाथ पासी घुटनों में सर झुकाये, ज़मीन पर उकड़ूँ बैठे थे। एकमात्र कुर्सी पर मन्नू था और रह-रहकर शम्भुनाथ के बालों में ऊँगलियाँ फिरा ले रहा था। मन्नू का आदेश था कि बैंक का कर्ज़ दो दिन में उतार दिया जाए। मन्नू यहाँ तक उतर आया था कि खेत के काग़ज़ात शम्भु दिखाए तो खेत ख़रीदार को वह बुला लेगा।

इस ठंडे वाक्य पर शम्भुनाथ चिहुँक गये थे। ऊपर देखा, दसेक परछाइयों ने उन्हें घेर रखा था। शम्भुनाथ बस एक बार अपनी आज़ादी चाहते थे। उन्हें लग रहा था कि यही राहत सबकुछ सही कर देगी। तुरन्त ही उन्होंने अपना सिर घुटनों में डाल दिया।

वह दृश्य महज़ एक कौंध की तरह था। शम्भुनाथ के चेहरे का सारा भाव क्षण भर बदल गया। पर ऐन उसी पल सलोने को ठीक-ठीक अपने अपराध का ज्ञान हुआ। अपने आपको इस दलदल से निकलने का जो संघर्ष सलोने ने शुरू किया था, उसकी लपेट में बीस निर्दोष लोग आ गये थे। इस देश में आत्महत्याओं की परम्परा शुरू हुई थी, उसे जानने वाला आसानी से बता सकता था कि ये बीस लोगों का कुनबा फ़ुर्सत पाते ही भागने वाला नहीं था। भाग कर कहाँ जाते? एक घड़ी भी नहीं

गुज़री कि सलोने पर आत्महत्याओं वाले ख़्याल नाचने लगे।

इस कुनबे की आत्महत्या का एक ज़रा ख़्याल आता और सलोने की उबकाई शुरू हो जाती थी। सलोने अपने आपको सज़ा देना चाहते थे। उस दिन सलोने प्रकाश की गति से भागना चाहते थे। नीलकंठ को फोन लगाते रहे, लगाते रहे और फोन बजता रहा। नीलकंठ का एक वाक्य बीस ज़िन्दगियाँ बचा सकता था। लम्बे समय के लिए मृत्यु को टाल देता, ऐसी शक्ति नीलकंठ ने अभी अर्जित नहीं की थी। हाँ, आत्महत्याओं को ज़रूर टाल सकता था।

सलोने के गहराते अपराधबोध ने उनकी ऊर्जा समाप्त कर दी। उन्हें अब अपनी चिन्ता रह ही नहीं गयी थी, पर यहाँ एक मामूली चूक बीसियों की जान ले सकती थी। समूचा तन्त्र विधायक और नीलकंठ के लिए था। सलोने कुछ ऐसा करना चाहते थे जिससे कम से कम वे बीस लोग बचे रहें। जिस मस्तिष्क के मात्राओं का ज्ञान उन्हें नहीं था, वह सन्तुलन खो रहा था।

दिन दोपहर में उन्हें एहसास हुआ कि कोई मदद नहीं मिलने वाली है। भविष्य में होने वाली बीस हत्याओं के दोषी सलोने का कोई मित्र नहीं रह गया था। इन ख़्यालों के बाद वे धीमे पड़ गये। उनके ख़्याल तक विलम्बित हो चुके थे। उन्होंने यह ख़्याल आने दिया, ''क्या पता ये लोग आत्महत्या करें ही नहीं।''

इस स्व-निर्मित ख़्याल पर देर तक हँसते रहे। वह थकान की हँसी थी, जिसमें आँखें मुँद जाती हैं। जो उपाय कर्ज़दारों को सुझाया था, उसे आजमाया। फोन की बजाय मन ही मन नीलकंठ से बात की। वे नाराज थे और नहीं भी थे। उन्होंने मदद का आश्वासन दिया। उन्होंने पूछा, ''क्या मैं तुम्हारा अहित चाहता था, नीलकंठ?'' पूछ कर आँखें मूँद लीं।

इस प्रश्न का जो भी जवाब नीलकंठ ने दिया हो, पर जवाब के बाद की ख़ामोशी ने इन्हें रास्ता दिखा दिया। वे एक बार अपने मित्र को देखना चाहते थे। अपनी लम्बी बीती उम्र की ओर पलट कर देखा और अच्छा-अच्छा ही लगा कि अपने पीछे कोई नहीं है। कोई भी हो तो याद नहीं। एक बार फिर अपने आप से मुस्कराये और ख़ुद को दाँव पर लगा दिया।

विधायकजी इतनी ऊँची चीज़ निकले कि उन्हें ढूँढ़ने में समय लग गया। इतने समय में सलोने ने अपने अन्तस से भले ख़्यालों को मिटा दिया। वे ताक़तवर लोगों की मुश्किल जानते थे। सचमुच में किया गया एक भला काम विधायकजी के 'कैरियर' को नुकसान पहुँचा सकता था। विधायकजी को धर्मसंकट से सलोने ने ही उबारा।

जंक्शन

मुझे नहीं जानने वाले इस अफ़वाह की भरपूर लपेट में हैं जिसे मेरे गाँव-गिराँव वालों ने प्यार में उड़ायी है। उन्हें लगता है यह अफ़वाह ही मेरी जीत है। ये गिरफ़्तारी उन्हें अपनी पराजय लगी है। अफ़वाह ये है कि ज़िलाधिकारी मैडम के इश्क़ में मुझे जेल हुई है। मेरे प्रेम का मिथक इतना धाँसू और तर्रार है कि सच्ची सूचनाएँ भी इसके जाल में फँस गयी हैं।

गाँव-गाँव घूमकर मनई बाबा का चौरा बँधवाते हफ़्ता हो गया था, जब मैडम के दरबार में हाजिरी बजाने का पहला फ़रमान मिला। 'यह काम मैं छोड़ दूँ' इस सिलसिले के डराऊ आदेश मुझे लगातार मिल रहे थे। शासन वालों ने मनई बाबा को गिरफ़्तार करने का आदेश भी चला रखा था। बार-बार पुलिस के लोग मुझसे उनका सुराग़ पूछने पर जब मैं सचाई पर उतर आता तब वे बुरा मान जाते थे।

दूसरी ओर मेरे अपने जवार के लोगों का ऐसा आग्रह था कि मना करना मुश्किल था। दबाव से ज़्यादा यह मेरा किरदार था। मैं अकेला नहीं था। दसियों जने थे जो चौरा बँधवाने का काम कर रहे थे। सबकी ज़िम्मेदारियाँ थीं। मेरे ज़िम्मे मनई बाबा का क़िस्सा बाँचने का काम था। इसलिए ज़िलाधीश मैडम से मिलने जाते हुए मैं डरा हुआ था। हम दस थे पर भीतर सिर्फ़ मुझे भेजा गया।

कुर्सी पर सुन्दर स्त्री को देखकर मेरा आत्मविश्वास लचक गया पर राहत भी हुई। एक झटका ख़्याल यह आया कि डरवाने और जानलेवा ओहदों पर ऐसी चंगी-भली स्त्रियाँ ही क्यों न हों! मैडम की ख़ूबसूरती मुझ पर छाने लगी पर उस भली मानुष ने मुझे डराने में कोई कसर जो छोड़ी हो—आदेशों का पालन करें—मामला राजनीतिक न हुआ होता तो अब तक जेल में होते। होगी तो लम्बी सज़ा होगी।

मैं उनकी बातों को पूरी तरह सुन रहा होऊँ, ऐसा कैसे हो सकता था! हवा में नींद आने भर की खुनक मौजूद थी पर मैं सो नहीं रहा था। मैं अपने बेकल अन्तस का अपराधी हूँ। मिलने वाला हरेक मुझे बार-बार मेरे अपराध की याद दिलाता है। मनई पर हुई एक बात भी मुझे डरा जाती है। मैंने बेचैन होकर कहा, "मैडम, मुझे सज़ा मिलनी चाहिए। मेरा अपराध उस नदी का अपराध है, जिसमें अभी-अभी एक आदमी डूब गया है।"

इस बात पर वे चुप हो गयीं। उनका अनार जैसा छोटा मुँह खुला रह गया। बहुत बाद में पता चला कि इस मामले में उनकी भिड़न्त ज़िले के सबसे बड़े पुलिस अधिकारी से भी है और मैडम मुझे अपने हथियार की तरह बाक़ायदा रेत रही हैं। पर उस दोपहर उनका खुला छोटा मुँह देखकर यही लगा था—मुझे उन्हें चूम लेना चाहिए। मैडम ने मुझे जवाब दिया, ''अब तुम जा सकते हो।''

अगले दिन जिस गाँव से हमारा निमन्त्रण था, वहाँ चौरा की तैयारियों में विलम्ब था। इसी उधेड़ में मैंने ज़िलाधीश साहिबा से अपनी मुलाक़ात की दर्दिली बात बतायी। आने वाली सज़ाओं से आगाह किया। कुछ फंटूशों को बताया, ''मैडम क्या कमाल थी!'' एक झूठ भी डाल दिया, ''मैं उस देवी के दर्शन के लिए ही सज़ा पाना चाहता हूँ।'' इन प्यारों ने यह बात फैला दी, जिसे सबने इस गाढ़े समय में हल्की मुस्कराहट से लिया।

अब जबकि मैं गिरफ्तार हूँ, मेरे लोगों को यह गिरफ़्तारी हार मालूम पड़ रही है। अपनी पराजय को हल्का ठहराने के लिए इन लोगों ने यह खेल कर दिया। यह एक-दो नहीं, ज़िले के सभी गाँवों में एक साथ घटा है। शासन की सूचनाओं और अफ़वाहों पर यह अफ़वाह बीस छूटी है—अंजनि प्रसाद को डी.एम. मैडम से छेड़छाड़ के आरोप में गिरफ़्तार किया गया है। अब मेरी नयी मुश्किल यह है कि मैं मैडम से माफ़ी माँगना चाहता हूँ।

मेरी ग़ैरहाजिरी का भी तोड़ निकल आया है। उपाय वही है जो मैं शुरू से बताता रहा था। पहले ही दिन से मेरी इच्छा थी कि दूसरे लोग मुझसे सीख लें। इस क़िस्से से मैं बचता हूँ। इसे दुहराते हुए मैं ख़ुद को आत्मा के कटघरे में पाता हूँ। मैं ऐसा अँधेरा ढूँढ़ने लगता हूँ जहाँ ख़्याल भी मेरा साथ छोड़ जाए। जितनी बार में मै इन बातों को दुहराता हूँ, अपनी तय की सज़ा की मियाद बढ़ाता चला जाता हूँ। मैंने अर्जी रखी थी—दूसरे लोग मुझसे सीख लें। पर सनक व्याप गयी थी कि लोग मुझसे ही सुनना चाहते हैं। मेरे प्रत्यक्षदर्शी होने को ही प्रमाण मान लिया गया है।

जिस रफ़्तार से मनई बाबा के चौरे बाँधे जा रहे थे, वैसे में दस अंजनि तो इस ज़िले में ही चाहिए जिन्हें इस दुख का ज्ञान हो। ख़ुदा-न-ख़ास्ता अगर ये बुखार पूरे देश में फैल गया तब कितने चाहिए? राय बनी थी—क़िस्सा मैं ही सुनाता रहूँ पर अब से दर्ज भी हो। अख़बार में कूवत की थोड़ी कमी थी, इसलिए उनसे ये बात सँभल नहीं पा रही थी। सारे काम चलते रहे और हमने बनारस से एक लेखक बुलाया। कुछ ढीला-ढाला-सा उनका नाम था। गाँव तक आये। मुझे बहुत तैयारी करनी पड़ी। चौरा बँधवाते हुए ये क़िस्सा सुनाना फ़र्ज़ की तरह लगता है, इसलिए तक़लीफ़ कम होती है। यहाँ मुझे यों ही सुनाना था। सुनाया। पर क़िस्सा सुनते ही लेखक बाबू तीन-पाँच करने लगे। कहने लगे, ''आज तक इतिहास में ऐसा कभी

नहीं हुआ, किस्सा तर्कपूर्ण होना चाहिए, सच्चा लगना चाहिए, कोई भी घटना आपस में जुड़ती नहीं है, नाम का बखान है, वजह कुछ और भी है जो आप बताना नहीं चाहते।'' तमाम तमाम।

उनके बेतुकेपन पर गाँव-जवार के लोग तैश खा गये। किसी ने झपटा भी मारा पर बाक़ी सबने सँभाल लिया और सबने पानी पी-पी कर समझाया, ''बहुत इतिहास बघारने वाले हुए हो... देंगे खींच के कान के नीचे एक चमेटा, इतिहास बनकर रह जाओगे... लेखक कहीं का!''

मैं उन्हें शाहपुर जंक्शन तक छोड़ने आया था। उनके थैले को साइकिल से बाँधते हुए एक उदास एहसास हुआ। वे मेरे गाँव के सुमेर की उम्र के रहे होंगे। चौड़े मेड़ों से गुज़रती साइकिल पर मैंने उन्हें बताया, ''मेरे गाँव में एक सुमेर था, वह आपकी ही उम्र का रहा होगा।'' मुझे अच्छा ही लगा कि वे इसी ज़िले से हैं। उन्होंने वह सारी जगहें देखने की इच्छा जताई, जो क़िस्से में आई थीं। पर मैं तुरन्त लखनऊ कैसे दिखा सकता था! मैं तो एक रात तक नहीं दिखा सकता था जिस रात हम शाहपुर जंक्शन पर थे, फिर भी मैंने वह इमारत उन्हें दिखाई जहाँ हमारे इलाक़े का बैंक था और जिसे वहाँ से हटा दिया गया था। उन्होंने आश्चर्य जताया। बताया, देखने के बाद भी उन्हें भरोसा नहीं हो पा रहा है कि बैंक हटा दिया गया है। वे सुमेर के बारे में पूछते रहे, पर समय कम था।

इंटरसिटी एक्सप्रेस में देर थी। बनारस के लिए कोई दूसरी रेल इतनी लेट थी कि वह प्लेटफ़ॉर्म पर खड़ी थी। मैंने उन्हें जगह लेने को कहा और भागकर ज़रूरी टिकट ले आया। उन्होंने हमारी आत्मीयता की कद्र की और इस मुश्किल सवाल से उलझे रहे—टिकट के पैसे दें या न दें। मैंने ही उन्हें मना किया। अपने मन की एक बात मैंने बतानी चाही पर हमारे बीच का छोटा-सा नाता उस जोड़ पर छूट रहा था जहाँ से शानदार स्मृतियाँ शुरू होतीं। रेलगाड़ी चलने लगी थी और मैंने अपने मन की बात उन्हें नहीं बतायी : इतिहास की समूची घटनाएँ कभी पहली बार ही घटी होंगी।

अब जबकि मुझे जेल जाना है, मैं तेरह फ़र्द बहादुरों से मुख़ातिब हूँ। शाहपुर जंक्शन पर ये लोग मुझसे मिलने आये हैं। मैं पुलिसवालों के साथ हूँ। मुझे मोटी रस्सी की प्रतीकात्मक ज़ंजीर लगाई गयी है और पुलिसवालों ने अपने साथ मेरे लिए भी चाय मँगायी है। काली चाय। पुलिस के लोग नहीं चाहते कि मैं क़िस्सा सुनाऊँ पर भीड़ थोड़ी बड़ी है। मैं हड़बड़ी में हूँ पर नुक्ते-दर-नुक्ते यह क़िस्सा मैं सुना रहा हूँ। यह मेरा अपराध से बरी होना है। ये तेरह लोग तेरह दिशाओं की कमान सँभालेंगे। मैं हड़बड़ी में हूँ क्योंकि दिल्ली जाने वाली कोई रेल आएगी और उससे मुझे लेकर ये लोग ज़िले पर जाएँगे। इस दिशा में जाने वाली रेल मेरे गाँव को

चीरती हुई जाती है पर वहाँ कोई स्टेशन नहीं है। दूसरी रेल बनारस और मुम्बई की ओर निकलती है। तीसरी रेल मुज़फ़्फ़रपुर और दरभंगा के गाँवों की ओर जाती है जहाँ से इस कथा में पवन एक्सप्रेस आएगी।

सुनने के लिए मेहरबानी आपकी कि जर जमा तीन हादसों के सिलसिले थे जिसमें चार बड़े वर्ष और न जाने कितने लोग खाक हुए। इन वाक्यों में मेरी हिस्सेदारी दस-पन्द्रह मिनट से ज़्यादा रही हो, इसकी गुंजाइश कम है। जाने-अनजाने की यह हिस्सेदारी ही मेरा अपराध है।

मैं था और सुमेर के पिता थे। सुमेर का हाईस्कूल में ग़लत पंजीयन का मामला था और हम गोरखपुर से बनारस जा रहे थे।

सुमेर के लिए मेरी तरफ़ से भी एक फूल रखें : वह हमारी यादों में वैसा ही तन्दुरुस्त है। उतनी ही रफ़्तार से दौड़ लगाता है जैसी वह फ़ौजी भर्तियों में लगाना चाहता था। उस दिन सुमेर के पिता ने मुझे साथ ले रखा था। उन्हें लगता था मैं सरकारी दफ़्तरों में बात कर लेता हूँ।

दूसरी ओर, मैं निठल्ला था और बर्बाद हो रहे अपने हर पल की ओर मायूस देखता था। मेरा समय मुझसे ही बेक़ाबू निकला। हर पल कुछ न कुछ करते रहने की सोचता था। उद्‌देश्यहीन ही सही, पर मुझमें एक शानदार गति थी। मैं किसी के लिए भी तत्पर, हर क्षण तैयार। एक मेरी माँ के सिवा कोई मुझे समझ न रहा हो, ऐसा भी नहीं था और मैं बनारस जा रहा था। पाँच घंटे का सफ़र था जो हमें पराजित कर गया।

हो सकता है विलम्ब की वाक़ई कोई ज़रूरी वजह रही हो क्योंकि उस दिन भी इंटरसिटी एक्सप्रेस, गोरखपुर से तीन घंटे देरी से खुली। हर छोटे बड़े ठहराव पर रुकती गाड़ी में उमस से बदबू फैल गयी थी। रोज़ाना के सवारी झुंड में थे। उनका दम्भ अलग, शोर अलग था।

गाड़ी चलती तो हवा बेहद अच्छी लगती थी। लगता था, जैसे किसी की याद आ रही हो। मैंने बहुत कोशिश की ताकि पता चल सके, मुझे कौन याद आ रहा है? बचपन के जलते प्रेम को छोड़ दूँ तो मेरी याद के लिए सजीली नायिकाएँ भी नहीं थीं। मैं असफल रहा और उस अनजान को याद करता रहा।

मौज तो तब मची जब गाड़ी शाहपुर जंक्शन पर खड़ी हुई। रात का ग्यारह अभी-अभी बजा था और गाड़ी साढ़े पाँच घंटे देर कर चुकी थी। यात्री परेशान थे पर मैं अनूठे उत्साह में उलझ गया। ये जंक्शन मेरे गाँव-घर का स्टेशन है। कहीं आने-जाने के लिए सबसे मुफ़ीद स्टेशन। पहला मौक़ा था जब शाहपुर जंक्शन पर उतरते हुए मुझे गाँव नहीं जाना था। एक यात्री की तरह अपना ही स्टेशन पार करना था। मुझे अजीब एहसास हुए। रात के वक़्त अपने जंक्शन के प्लेटफ़ॉर्म पर इधर-उधर करने

का अलग स्वाद था। चाहने वाले इस चाह में थे कि धीमी रफ़्तार से ही, मगर गाड़ी चलती रहे। मेरे मन में कुछ दूसरा था।

इतनी रात गये इस बात की सम्भावना शून्य थी कि मेरे गाँव के लोग यहाँ मिलें। फिर भी मैं ऐसी इच्छा से घूमना चाहता था। प्लेटफ़ॉर्म की सैर। आश्चर्य कि लगभग पचासों पहचाने चेहरे दिखे। आँखों और मुस्कराहटों से सलाम-बन्दगी करता मैं आगे बढ़ता रहा। रेलगाड़ी के बीच की बोगी की खिड़की से महबूब मिस्त्री दिखे। उनकी बोगी के पास प्लेटफ़ॉर्म का पाट चौड़ा और ख़ाली था। बेचैन कर देने वाला ख़ालीपन। पीले प्रकाश से अँधेरे का आभास हो रहा था। चुरियाँ गाँव के महबूब मिस्त्री। मैं उन्हें देखकर मुस्कराया और आँखों को सवा पल ज़्यादा दबाकर नमस्कार किया। वे अपनी बेटी के साथ बेल्थरा रोड जा रहे थे। रेलगाड़ी की देर से परेशान थे। अब गाड़ी इतनी लेट कर देना चाहते थे कि बेल्थरा सुबह पहुँचे। वरना रात की अलग मुश्किलें होंगी।

सोचा कि शिक़ायत यहीं कर दूँ—छत चू रही है। शिक़ायत को आगे के लिए टाल दिया। महबूब मिस्त्री ने मेरा घर बनाया था। पिताजी के मित्र थे और आराम से काम करने में यक़ीन रखते थे। पास बैठी अपनी बेटी से कहा, "ये ज्ञानेश के भाई के बेटे हुए।" वैसे हम दोनों परिचित थे और उसका नाम नसीम था। पीले रंग की बीमार रोशनी में उस लड़की को देखना ऐसा था जैसे मैं बरसों बाद आईना देख रहा होऊँ। उसके चेहरे के भराव में मुझे अपना नालायकपन और चार दिन की दाढ़ी दिख रही थी। हम दोनों ने कभी एक-दूसरे से बात नहीं की। स्कूल-कॉलेज में साथ-साथ पढ़े थे पर वहाँ एक-दूसरे को उड़ती नज़रों से देख लेते थे। जान लेते थे, हमारे पिता आपस में मित्र हैं; ये महबूब मिस्त्री की बेटी है, ये ज्ञानेश चचा का बेटा है। मेरे दिमाग़ के नक़्शे में वे टिके ज़रूर थे पर बतौर ख़ास ख़्याल नहीं। देखे गये चेहरे की तरह, बस। पीछे मुड़कर देखता हूँ तो लगता है हमारी हल्की कोशिशों ने हमें शानदार मित्र बनाया होता। रात मुझ पर चढ़ रही थी और मैंने उनसे विदा ली।

घंटे भर से खड़ी रेलगाड़ी हिलने-डुलने का नाम नहीं ले रही थी और मैं सैर पर था। जान-पहचान के तमाम चेहरे दिखते रहे। गार्ड के पास पहुँचा, वहाँ भीड़ थी। गार्ड उपदेश दे रहा था और वह, स्वयं शिक्षा व्यवस्था का काम हुआ लग रहा था। बातों के दरमियान वह अपनी डिग्रियों का जिक्र कर रहा था। बार-बार। उसने बताया कि वह बी.ए. पास लोगों के नमस्कार स्वीकार करता है। डबल एम.ए. और पी-एच.डी. वालों से उसकी ख़ूब छनती है। गार्ड की बातें मैं भी सुनने लगा। इस 'सुनने' के दौरान एक लहराता ख़्याल नसीम का आया। हमने पिताओं की मित्रता का कुछ ज़्यादा ही पास रखा था। लगा कि एक बार फिर उसे देखा जाए। यह ख़्याल इतना वजनदार था कि मुझे पलटना पड़ा। मैंने चाल संयमित की और दिल को

समझाया। दिल को सोचने के नये ख़्याल दिये। फिर तेज़-तेज़ चलता हुआ वहाँ चला आया जहाँ से मैं चला था। सुमेर के पिता ने मंडली जमा रखी थी। मुझे देखते ही छूट पड़े, ''क्या भाई निरहू, बनारस पहुँचेंगे कि नाहीं? कुछ करो, मालिक।''

शायद मेरे उत्साह का स्टॉक ख़त्म हो रहा था, जाने क्या बात थी कि उनकी इस बात पर मैं उदास हो गया। मुझे लगा कि कल दिन में जो काम मैं इनकी ख़ातिर करूँगा, उसकी कोई क़ीमत इनकी निगाह में नहीं है। हाँ, ये जो मेरे नास्ते और खाने का इन्तज़ाम करेंगे उसकी एवजी में चाहते हैं कि मैं गाड़ी चलवाऊँ। मुझे 'निरहू' शब्द पर एतराज़ था। मुझे आख़िरी बार नसीम याद आई। फिर रात मुझे खटकने लगी और दूसरी तरफ़ से एक रेलगाड़ी आती हुई दिखी थी।

यह पवन एक्सप्रेस थी। दरभंगा-मुम्बई, पवन एक्सप्रेस। शाहपुर जंक्शन पर इस गाड़ी का इंजन बदलता था। इंजन आगे से हटाकर पीछे लगाया जाता, इससे गाड़ी की समूची दिशा ही पलट जाती थी। हवादार खिड़कियों वाले बे-हवा हो जाते। इस तरह यह गाड़ी यहाँ पैंतालीस मिनटों के लिए रुकती थी। इसे भी बनारस होकर जाना था, सो इंटरसिटी एक्सप्रेस में हलचल मची—कौन-सी रेल पहले जाएगी? मैं अपनी यादों से लैस था और हम दोनों ने रेल बदल ली।

पवन का चालू डिब्बा था और भीड़ थी। ऊपर की सीट पर उठँगे लोगों से पैर मोड़ने का आग्रह किया और हम दोनों बैठ गये। आमने-सामने। ठीक नीचे आठ-नौ का समूह था जिनके बीच एक स्त्री थी। साँवली और शानदार। वह स्त्री पूरे समूह को भोजन परोस रही थी। उस समूह में जो मुस्कराहट फैली थी, वह दरअसल निर्दोष गुमान था, जो एक स्त्री के साथ होने से, बस हो जाता है।

इस स्त्री के कमर की ढाल इतनी तेज़ थी कि इसका पुरुष उसे रोज़ाना प्यार करता होगा। मुझे उस जगह की याद आई, जहाँ ये जा रहे थे। वहाँ प्यार करने की जगह कम होगी और समय तो बिल्कुल नहीं होगा। सम्भव है, प्रेम करने के बाद इन्हें रोना पड़े। एक गजब की स्त्री के साथ प्रेम इस क़दर हड़बड़ी में होगा, जहाँ एक-चौथाई शरीर और तीन-चौथाई उसकी याद शामिल रहेगी।

इंटरसिटी के यात्री जान चुके थे कि पहले पवन जाएगी। उस रेल से सवारियाँ इधर आने लगी थीं। कुछ लोग आये और नीचे बैठे समूह से जगह बनाने की गुज़ारिश करने लगे। इन लोगों ने इंकार किया। बताया कि यहाँ जगह नहीं है, कुछ साथी प्लेटफ़ॉर्म पर हैं।

ऐसा कई बार हुआ।

ऐन उसी पल वहाँ एक अजनबी आया। उसने बेंच के किनारे बैठे लड़के के कन्धे थपथपाये और इशारो से ही जगह बनाने को कहा। वह लड़का खाने में मशगूल और इस इशारे पर अचकचाया। तब उस स्त्री से सटे बैठे पुरुष ने बात

सँभाली, ''भाई साहब हम लोग खाना खा रहे हैं और हमारे कुछ साथी नीचे टहल रहे हैं। हम दस लोग हैं और यहाँ जगह नहीं है।''

वह अजनबी, भाव से ही ताक़त में चूर दिख रहा था। उसने विस्मय का अभिनय किया, ''कहाँ से आ रहे हो तुम लोग? बिहार से?'' उस पुरुष ने जवाब दिया, ''भाई साहब ये गाड़ी जहाँ से आ रही है वहीं से हम भी आ रहे हैं और वहाँ तक जाएँगे जहाँ तक गाड़ी जाएगी।''

बातचीत का ऐसा मुहाना बन गया कि आसपास के लोग इधर देखने लगे थे। अजनबी आदमी ने ईश्वरनुमा अन्दाज़ में कहा, ''इलाहाबाद तक चलना है, बैठने दो, वरना तुम्हें भी यहीं उतार लेंगे। समझ रहे हो न!'' दूसरे तमाम लोग ज़रूर समझ रहे थे। बहुतों ने उस अजनबी आदमी को अपने पास की जगह पर बुलाया। मैंने भी ऊपर की बेंच पर उसे बुलाया। उस स्त्री का पुरुष भी बात बढ़ाने में यक़ीन नहीं रखता होगा। बस पूरे सफ़र में पोजीशन मटियामेट न हो इस ख़ातिर कह पड़ा, ''जी साहब हम नहीं समझ रहे हैं। कोई दिक़्क़त?'' अजनबी आदमी उसे कुछ पल देखता रहा और ख़्याल की चाल से बाहर निकल गया।

सफ़र के रगड़ों की तरह बात बीत गयी। वह समूह फिर से खाने में मगन हो गया। जो साथी नीचे टहल रहे थे, शोर सुनकर ऊपर आ गये। वह सलोनी स्त्री भी भरसक छुपा कर खा रही थी। रेल का इंजन अभी तक बदला नहीं गया था। इंटरसिटी एक्सप्रेस वैसी ही खड़ी थी। चुप। सब अपने टूट चुके ख़्यालों की लय पाने में जुटे थे कि वो लोग आये।

अजनबी आदमी ने आते ही कहा, ''यही था।'' उस पुरुष की ओर इशारा किया। अजनबी के साथ की भीड़ ने उस पुरुष को पीटना शुरू किया। उसके साथ के लोगों ने पहले मुक़ाबला किया पर क्षेत्रीय भीड़ इतनी बड़ी थी कि सब पीछे हटते गये। उसके साथियों ने कहना शुरू कर दिया, ''हम नहीं हैं, हम उसके साथ नहीं हैं।'' जो भी उस पुरुष को बचाने आता, उसे भी बुरी तरह मारा जा रहा था। एक ने आदमी की बाँह खिड़की से बाहर खींचकर रखा था और कोई दूसरा उसे बेल्ट से पीट रहा था।

उस स्त्री का चेहरा मुझे अब भी याद है। वह अपने पुरुष से लिपटी पड़ी थी और स्टेशन के शोर में उसका विलाप, उसका बिलखना साफ़ पहचाना जा रहा था, जैसे उसी की हत्या हो रही हो। उसके साथ के लोग भीड़ के पैरों से लिपटे थे। मैंने, सुमेर के पिता ने और अन्य लोगों ने सारा ज़ोर लगा दिया। हम 'बाबू, भइया' करते रहे। एक को पीछे खींचते तो अगले चार-पाँच उसे पीट आते। हम बचाने की सारी कोशिश के साथ इसकी भी कोशिश कर रहे थे कि हत्यारी भीड़ हमें भी विपक्ष का न मान ले। पर हमने बचाने के सारे प्रयास किये।

हमने अपनी सारी प्रार्थनाएँ अपनी लोकभाषा में रखी जो कि उस अजनबी के साथियों की भी भाषा थी। रेल की बनावट में पीटने में परेशानी आ रही होगी या सामूहिक पिटाई का उन्मादी आनन्द भीड़ नहीं ले पा रही होगी तभी, शायद, उस हत्यारी भीड़ ने न्याय किया, "साले को खींचकर प्लेटफ़ॉर्म पर निकालो।" हम जानते थे कि खुले में लाते ही उसे मार दिया जाएगा। हम, जो बचाने वाले थे, उनकी भी जमात ठीक थी और हमने सारी कोशिश कर डाली। हमारा एकमात्र उद्देश्य था वह आदमी प्लेटफ़ॉर्म पर न उतरने पाये। मुझे अफ़सोस है कि मैं हत्यारों के पैर भी पड़ा। हमारा तरीक़ा ही ग़लत था, हमारे साधन कमज़ोर थे और उसे बाहर खींच लाया गया। समूची पृथ्वी पर नितान्त अकेली वह स्त्री भी घिसटती चली आई थी। उस स्त्री ने एक पल को भी यह ख़्याल नहीं छोड़ा होगा कि उसका पुरुष मार दिया जाएगा। लोग उस पुरुष पर कूद रहे थे और वह आख़िरी चीख उस स्त्री की ही थी जो हमारे कलेजे में फँस गयी। शव से चिपटी स्त्री ने अपने बाल नोच डाले थे और मर्म तक भेदने वाली एक पुकार थी—"हमर मनई होऽऽ!"

हम इतने जड़ हो चुके थे कि उस स्त्री की मदद करते हुए भी सान्त्वना का एक शब्द नहीं कह पाये थे। आख़िरी दम तक के विलाप के बाद वह स्त्री बेसुध हो गयी थी। यह मेरी आँखों के सामने हुई पहली हत्या थी। जगह के लिए। महज़ बैठने की जगह के लिए। मैं इतना ही कर सका था कि अपनी रेल बदल दी और फिर बनारस जाने का इरादा भी छोड़ दिया था।

ये बातें रह-रह कर याद आती हैं। कभी-कभी तो दिनों बाद। उस दिन मैं ख़ुद को अकेला पाता हूँ। उस स्त्री की तरह।

मुझे बदल देने वाली इस घटना के पन्द्रह-सत्रह दिन बाद की बात है—मैं रमाकान्त चौधरी के साथ गाय-गोरू ख़रीदने-बेचने का काम सीख रहा था। वह मुझे दाँत गिनने, खुर पहचानने से लेकर थन की छीमियाँ देखना सिखा रहे थे। ये भी बताया कि कैसे बिकवैये और ग्राहक बिचौलिये से अलग-अलग बात करते हैं। आश्चर्य की बात थी कि ख़रीदने, बेचने वाले दोनों पक्ष आमने-सामने मौजूद होते हैं, उनमें हर तरह की बात होती है पर लेन-देन की सारी बात बिचौलिए से ही होगी।

उस दिन मैं इस सिलसिले में मुरैना गाँव गया हुआ था। एक जर्सी गाय की देख-रेख चल रही थी। बात बारह हज़ार पर टूटी थी। थोड़ी दूर पर ही हमारे इलाक़े का बैंक है। हुआ कि लेन-देन बैंक पर ही हो। अपने इलाक़े का बैंक भी एक तमाशा है। दस-बारह हज़ार का चेक भँजाना हो तो खेल देखिए! मैनेजर साइकिल से शाहपुर जंक्शन जाएँगे और वहाँ की शाखा से पैसे लेकर डोलते हुए लौटेंगे। शान्त बैंक है जबकि तीन-चार सौ रुपये निकालने वालों की भीड़ लगी रहती है। सुनने-

सुनाने का यह भी है कि बैंक बहुत फ़ायदे में नहीं है।

बैंक के बाहर ही हम किसी चर्चा में गुम थे। हमें अन्दाज़ा था कि मैनेजर कब लौटेंगे? इसलिए कोई हड़बड़ी नहीं थी। उसी पल दो नौजवान वहाँ से गुज़रे और किसी तीसरे को सम्बोधित किया, ''काऽ हो मनई?'' यह सुनकर मेरा दिमाग़ जल गया। यह एक इत्तेफ़ाक़ था और ऐसा इत्तेफ़ाक़ जिसे बताना भी प्रायोजित लगे। पर मैं जान गया कि यह 'मनई' शब्द उस रात की चीख से उठा लिया गया है। बिना सन्दर्भ जाने। बाद में भी एक-दो बार यह मुहावरेदार वाक्य सुनने को मिला पर उस दिन मेरे लिए यह सुनना अपने अपराध को याद दिलाने जैसा था।

मैं दूसरे गाँव में था पर ख़ुद को रोक नहीं पाया। उनसे मिला। पूछा, ''कैसे जानते हो बाबू, मनई को?'' दरअसल आपस में पूछताछ की ये सारी प्रक्रिया हमारे लोक व्यवहार से अलग थी। इतनी अलग कि इस ज़रूरी प्रक्रिया से गुज़रते हुए शर्म आये। पर मैं लगा रहा। उन दोनों ने अपने ही गाँव के एक आदमी का नाम बताया। मैं उनसे मिलने गया। रमाकान्त चाचा ने मेरी कार्रवाई पर अपनी विशेष राय दी : दिमाग़ से पैदल है।

उस आदमी ने मुझे देखते ही पहचान लिया। पहले वह बेहद उत्तेजित हुआ। वहाँ मौजूद लोगों को एक बार बता रहा था, ''ये बचाने वालों में थे।'' यानी वह घटना उस गाँव की हवा में घुल चुकी थी। एक-दूसरे को देखकर हमें पहला ख़्याल यही आया कि हम एक हत्या में शामिल थे। पर धीरे-धीरे हम बातें करते रहे। अपनी चर्चा उस रात की बात तक ले आते और फिर किसी और दिशा में घूम जाते। मेरे सवाल कुछ दूसरे थे—समाज और विज्ञान के बदलावों से महरूम हमने सारे परिवर्तन अपनी भाषा में कर डाले हैं। कोई आपके तेज़-तर्रार व्यक्तित्व पर एक शब्द कहकर पानी फेर सकता है—'का हो मोहन!' मोहन एक नाम भर नहीं रहा, शरीर की गोपन क्रियाओं का एक रूपक शब्द है। नालायकों और बेगारों के लिए एक शब्द का मुहावरा है—निरहू। यही लिलकरन, शिताबी और खप्चार जैसे नामों के साथ हुआ। जाने ये लोग कौन थे! हम लगे थे कि मनई नाम पर कोई बेचारा मुहावरा न बनने पाये। एक हत्या जिसमें हम भी शामिल थे, उसका जश्न न होने पाये।

फ़सल और प्रेम की तरह मनई ने भी अपना समय लिया। लखनऊ की बात है। फ़ौज की भर्ती थी। उत्साही लड़कों ने मुझे भी शामिल कर लिया था जबकि मेरी उम्र ज़्यादा थी। इन्हें लगता था कि मैं रिश्वत की बारीकियाँ जानता हूँ और मुझे इस पर आश्चर्य था। मैं ऐसे अभय लोगों के बीच था जो मुझ पर भरोसा करते थे जबकि मैं हर कहीं असफल था। मेरे निर्णय मुझे ही समझ में नहीं आते पर मेरे परिचित उसकी तारीफ़ करते थे।

मेरे गाँव से नौ नौजवान थे, जो भर्ती में जा रहे थे। जंक्शन पर आते-आते दूसरे गाँव से पचासों आ गये थे। मुझे अभी-अभी बीता अपना समय याद आया। मैंने परीक्षाओं के बहाने भारत भ्रमण कर डाला था। धन्यवाद भारत के राजे-रजवाड़े और आपकी समीक्षाएँ। जंक्शन पर मुझे मनई बेतरह याद आये। लौट जाने का ख़्याल भी आया। मनई के साथ की स्त्री भी अपनी ख़ूबसूरती में नहीं याद आईं, मेरे सामने उनका बेसुध चेहरा था। इस बार गाड़ियाँ समय से चल रही थीं और रास्ते में मैंने ख़ुद को थामकर रंगरूटों को मनई का सारा क़िस्सा सुनाया। पहली बार ये पूरा क़िस्सा मैंने अपने आपको भी सुनाया और किसी तीसरे की तरह अपनी ही ग़लतियाँ देखता रहा।

हम सुबह लखनऊ पहुँचे। प्लेटफ़ॉर्म पर ही हमें रुकना था। वहाँ कई ऐसे चेहरे टकराये जिनसे रास्ते में भेंट हो चुकी थी। गाँव के लड़कों में से तीन-चार ने मेरे साथ डटकर नाश्ता किया। बाक़ी बच्चों ने सिर्फ़ पानी पिया। सुमेर भी था, जिसने नाश्ते से इंकार कर दिया। ये अभी से बेचैन हो रहे थे। इन्हें बहुत दौड़ना था। बहुत ऊँची कूद लगानी थी। ये सारे दृश्य इनके मन में रचे जा रहे थे। इनकी आवाज़ से इनकी बेचैनियों का पता चल रहा था।

जब हम भर्तियों वाली जगह पर पहुँचे तब ग्यारह बज चुके थे। मन को थका देने वाली धूप थी। वहाँ पहुँचकर हमें एक निराली बात पता चली—कुछ ज़िलों को चिह्नित किया गया है, वहाँ के लड़कों की भर्ती अगले दिन होगी। इन ज़िलों पर आरोप थे और यहाँ के लड़कों की भर्ती कड़े अनुशासन में होनी थी। हमारे ज़िले पर तीन अन्य ज़िलों के साथ रिश्वत की सीधी पेशक़श का आरोप था। कुछ ज़िलों पर धौंस जमाने का आरोप था।

ये बात इतनी अचानक पता चली कि पहले तो हमने कुछ समय अपने को यह विश्वास दिलाने में खर्च किया, 'हमारा एक नाम है और हमारा भी एक देश है।' यह हमारे स्वाभिमान पर ऐसा हमला था कि हम बेसाख्त हँस पड़े थे। हमारे बारे में अच्छे लोगों के ये ख़्याल थे। मैं अभ्यर्थी नहीं था, इसलिए मुझे बाहर ही रुकना पड़ा। इस तरह जो सामूहिक शर्म हो सकती थी, उसे मैं अकेला झेलता रहा। क़ायदे से इन ज़िलों के अभ्यर्थियों को भी वहाँ नहीं होना था पर यह उनके जीवन का सवाल था। आज ही भर्ती पूरी हो जाए तो 'कल' औपचारिकता रह जाएगी।

मैं, जगह से थोड़ी दूर, आम के पेड़ के नीचे और लू के बीच अपने साथियों का सामान अगोर रहा था। अकेला होते ही मेरी पहचान छुप गयी और आते-जाते लोग मेरी तरफ़ सामान्य निगाह डाल रहे थे। वह बस मैं था जो अपने ज़िले और उस पर लगाये लाइन को जानता था। घंटों अपनी शर्म और क्रोध में डूबता-उतराता, रह-रहकर हँस भी लेता था। फ़ौजी अफ़सरों का तरीक़ा अनोखा था। मैंने जोड़ा घटाया

और पाया कि भारत में हज़ार ज़िले हों तब अलग-अलग हज़ार आरोप भी गढ़ने होंगे। एक आरोप अधिकारी नियुक्त किया जाएगा। मैं चाहूँगा कि आरोप मन्त्रालय भी बने। मुश्किल तब आएगी जब आरोप मन्त्री अपने ज़िले के लिए आरोप तय करेंगे।

तत्कालीन असफलता का अपना अचूक हास्य होता है। जब इस भीड़ के नारे फिस्स होते तब ये लोग ठहाके से काम चला लेते थे। भारत माता की जय जैसे नारे, दो से तीन बार भी नहीं लहर सके। हर तरह के नारों की असफलता से सुमेर और साथी भी असर में आये। फिर एक तीर की तरह सुमेर और साथियों ने एक नारा उछाला—"मनई बाबा की जय।" यह सिर्फ़ अपने समूह के लिए उछाला गया नारा था, अपनों के पहचानने के लिए। पर आतातार्इ गर्मी और नये नारों का निशाना ऐसा अचूक निकला कि समूची भीड़ को नयी साँस मिल गयी।

इस नारे से हुआ शोर ऐसा तीखा और तेज़ था कि भीड़ के लोग स्वयं को ही नहीं सँभाल पा रहे थे। जितने लोग रह गये थे, ऊँचाइयों पर जगह ढूँढ़ने लगे। सुमेर और उसके साथी नारे में पूरी तरह शामिल थे पर यह नहीं समझ पा रहे थे कि इस नारे में ऐसा क्या है जिससे समूची भीड़ फनफना गयी!

नारा ही था जिसके ताप ने सैकड़ों-सैकड़ों लड़कों को ऊँचे चौड़े सेप्टिक टैंक पर खींच लिया था। फ़ौजी नियन्ताओं से बैर मौल ले लिया गया होता अगर शोर ने सैप्टिक टैंक को बख्श दिया होता। सैकड़ों की भीड़ को वह टैंक सँभाल नहीं पाया और टूट गया। नारे आसमान में टँगे रहे। उनका शोर बढ़ता गया और भगदड़ मच गयी। वह टैंक भीतर भी बेतरह टूटा था, जिससे लड़कों को भागने का मौक़ा नहीं मिला। और और, जीवन बचाने की कोशिश में जो जिसे पकड़ सका, उसे भी ले डूबा।

मृत्यु बुरी होती है। नयी उम्र के रंगरूटों की मृत्यु के पक्ष में, जिन्होंने दुनिया को महसूस करना अभी-अभी शुरू किया हो, कोई एक शब्द नहीं कहा जा सकता। पर उससे भी बुरा था—दुनिया के सबसे गन्दे दलदल में डूबकर मरना। बचे हुए सब भागते रहे। उनमें मैं भी था। कितनों का सामान मुझसे वहीं छूट गया। बाक़ी बचे पाँच लोगों से मेरी मुलाक़ात शाहपुर जंक्शन पर ही हो पाई थी, जबकि हम एक ही रेल पर सवार थे।

जंक्शन से गाँव तक सुमेर मेरे साथ रहा। कोई बात नहीं हो सकी। साथियों की अनुपस्थिति स्वीकार कर लेने के बाद अनहोनी उत्कंठाओं से हम उबर चुके थे। ये ख़्याल भी हमसे छूट गया था कि वे चारों अगली रेल में आ सकते हैं। अफ़सोस कि कोई नारा उन चार लड़कों को बचा नहीं पाया। लखनऊ के अख़बारों ने मनई बाबा के नारों की ख़बर लगाई थी। उनमें अविश्वास यह था कि टूटने की दूसरी

वजहें रही होंगी वरना नारे से भला क्या टंकी टूट जाएगी!

ये मैं जानता हूँ और सिर्फ़ मैं उन चार लड़कों के माता-पिता का सामना कैसे करता हूँ। लगभग रोज़। हमारे दायरे इतने गोल और छोटे हैं कि जिसके भी साथ रहें, उसकी आदत पड़ जाती है। अब मैं आस-पास के गाँवों में जाने से डरता हूँ जबकि सरकारी आँकड़ें हमारे साथ हैं। वहाँ दर्ज संख्याएँ न्यूनतम हैं। इतनी कम कि हमें कोई ग़म न हो।

इन नौजवानों की ग़मी साल अन्त तक चली। पर जब हम उबरे तो ये नारा हमने जगत् व्यवहार में उतार डाला। मौक़े-बेमौक़े हम पूछते—'नारा लगाएँ क्या?' और हँस पड़ते। इससे उबरने की वजह भी थी हमारे पास धड़कता हुआ जीवन था। शानदार। बस हमें पता नहीं था कि इस धड़कते जीवन का हम क्या करते? उसे किस ऊँचाइयों तक ले जाते या फिर कौन से चूल्हे-भाड़ में अपना प्यारा जीवन झोंक आते? हम किसी तोप लक्ष्य के सामने नहीं थे। क्षुद्रताओं में इस तरह उलझे थे कि महान जीवन की ख़ूबसूरत बातें हमसे छूटती जा रही थीं और ये सब हमारे जानते हो रहा था। आश्चर्य तब हुआ जब बड़े लोगों को इन छोटी-छोटी ख़ूबसूरत बातों से महरूम होते पाया। मैं पुलिस के एक बड़े अधिकारी की बात कर रहा हूँ।

लखनऊ के आचरण के उबरे हुए हमें साल भर हो रहा था। हमारे पास भी ख़बरें रहा करती थीं, पर अगर ख़ुद बैंक मैनेजर ने न बताया होता तो हमें पता भी नहीं चलता कि बैंक यहाँ से हटाया जा रहा है। मैनेजर साहब ने ये बात ऐसे बताई जैसे वे कोई हमारा ही अपराध बता रहे हों। वे बहुत अच्छे थे, तमाम उपाय बताये—'यहाँ के लोगों को बैंक की ज़रूरत ही कितनी थी? कोई भी एक आदमी शाहपुर जाएगा और सबके हिस्से का पैसा जमा कर आएगा।' कितनी कम तो हमारी ज़रूरतें थी! शायद ही कोई हज़ार रुपये बैंक से निकालता हो।

मुझे कोई मुश्किल नहीं थी। मेरे पास खाता ही नहीं था। फिर भी जब यहाँ से बैंक हटा दिया जाता तब हम अचानक पाते कि हमारे इलाक़े में एक भी बैंक नहीं है। यह देखकर हमें आश्चर्य होता कि बैंक की इमारत में ज़िद्दी बकरियाँ चर रही हैं। हमें शाहपुर जंक्शन की सुहानी यात्रा रोज करनी पड़ती। मैं उस इमारत में जाकर वे जगहें देखता, जहाँ बैंक ड्राफ़्ट फ़ार्म रखा होता था।

ये कोई बड़ी बात नहीं थी। बैंक हटाया जा रहा है तो हट जाए। पर लोग ज़रूरतों के लिए कम, सम्मान के लिए ज़्यादा तमाशा कर गये। ये ख़ुद को ऐसी ऊँची चीज़ समझते थे जैसे इनकी जानकारी के बिना हुआ काम धोखा है। लफड़े पर उतर आये।

जिस दिन पहली बार बैंक का घेराव हुआ, उस दिन सहलाती हुई धूप उगी थी। घेराव भी क्या, एक अलहदा ख़्याल था। बिना तम्बू-कनात के छोटे-से मंच पर

जमे थे। माँग ऐसी थी कि किसी ने कभी सुनी ही न हो : चालीस-पचास गाँवों के इकलौते बैंक को नहीं हटाया जाए।

घेराव पर लोगों की संख्या बढ़ती जा रही थी जिसमें बैंक को नुकसान हो रहा था। ये मैनेजर के ऐसे सगे थे कि इनके चायपानी का खर्च बैंक के खर्चे से जुड़ जाता था। दस दिनों तक घेराव क़िस्सों के ज़रिए कटता रहा। बैंक के अपने कार्यक्रम थे और सुमेर के पिता थे कि दस दिनों से गोरखपुर से बनारस जाने का क़िस्सा सुना रहे थे। उनके क़िस्से सुनाने की अदा ऐसी निराली और पंचदार थी कि सुनने वाले पीछे की सारी बातें भूल जाते थे। ग्यारहवें दिन जब शासन-पुलिस के लोग सुलह के लिए आये, तब तक सुमेर के पिता क़िस्सों में चलते हुए अभी बनारस पहुँच नहीं पाये थे।

ये सब ऐसे हुआ कि बैंक के ऊँचे-ऊँचे अधिकारी स्वयं को अपने ही देश में अकेला पा रहे थे। लोगों की असभ्यता का उन्हें दुख था। वे देख रहे थे कि लोकतन्त्र में उन्हें निर्णय लेने का अधिकार नहीं रह गया था। उन्होंने यह कहते हुए दुख जताया, "ये कैसा लोग हैं?"

बैंक के घेराव का अपना किरदार था। माहौल की तराश में एक बार फिर मनई बाबा के नारे उछाले गये। बनते-बनते बात ये बनी कि हो न हो नारा ही ऐसा है, जिससे भीड़ बढ़ती जा रही है। गाँव-गिराव के बातफ़रोशों के विलक्षण अन्दाज़े-बयाँ ने अख़बार-टीवी वालों की ऐसी मति मारी कि इन सबने समूची घटना का केन्द्र मनई बाबा से जुड़े नारों को मान लिया।

सारी बातों पर रोक लग जाती पर शासन के ऐसे बुरे दिन आये थे कि वो बनते-बिगड़ते नारों का ध्यान रखें। ज़िले के आला अधिकारी लोग ऊपर से ऐसे चाँपे गये डर के चौड़े हो गये। इस तरह ग्यारहवें दिन घेराव की जगह पर पहुँचे जहाँ उनका मज़ाकिया स्वागत किया गया। बैठने के लिए प्लास्टिक की कुर्सियाँ मिलीं।

देर तक नर्म-नर्म चलती रही। एक अधिकारी निर्णय लेने और लोकतन्त्र की बात बता रहे थे। उनके भाषण में एक सौ बीस दफ़ा लोकतन्त्र और पैंसठ बार 'निर्णय लेने की आज़ादी' जैसे शब्द आये। गाँव-गिराव के लोग ऐसे तर्कों से लैस नहीं थे और इन ख़ास शब्दों के भीषण दुहराव से वे सब दोहरे हो गये। जब अधिकारीजी का वक्तव्य समाप्त हुआ तो पिंडी गाँव के एक अधेड़ ने आगे आकर उन्हें धन्यवाद दिया। इस बतबहक ने अनूठा जवाब दिया, "साहब, आपकी लोकतन्त्र वाली बात में दम है, हम तो इसे भूल ही गये थे।"

दूसरे अधिकारी ने जब समझाइश का मोर्चा सँभाला तब हमारे मंडल आयुक्त भी मौक़े पर पहुँच गये थे। इस अधिकारी ने बहुत समझाया, 'शाहपुर कितनी दूर है, दो कोस। जो लेन-देन यहाँ करते हैं, वहाँ भी कर सकते हैं...।' ऐसे तर्कों पर

गाँववाले चुप हो जा रहे थे पर अपनी बातों पर अड़े थे—सबकुछ सही है पर यह बैंक यहीं रहेगा।

बातचीत के इस मुहाने पर एक दूसरे अधिकारी को संयम रखना था। दरअसल सबके लिए जो धूप सहलाती हुई थी, उसे चुभ रही थी। वह ताव खा गया और कह पड़ा, "देहातियों के पास समय भी खूब होता है।"

इस अनजानी बात पर देहात के लोग भक् रह गये पर सँभलते हुए अपने अनूठेपन में अधिकारी बात की ख़ूब दाद दी—हमने समझा तुम अपनी ही बातें सुना रहे हो। इस तरह यह चोट पहुँचाने वाली बात हँसी बनकर रह गयी। पर इस बात से माहौल बिगड़ गया।

एक दूसरे पक्ष को आड़े-तिरछे जवाब मिलने लगे और ऐन वक्त पर किसी ने वह नारा लगाया दिया—मनई बाबा की जय। यह दुखती रग़ थी। नारे लगने लगे। शोर जो उठा कि उठा ही रह गया। सुनने-सुनाने का समय जाता रहा और शासन के लोग डर गये। हल्की धमकियों से बातचीत पटरी पर आ रही थी कि पुलिस के बड़े अधिकारी ने सबको हँसा-हँसा के दुहरा कर दिया। वह बहुत ग़ुस्से में थे और अपनी शान के बचाव में 'मनई साले' को गिरफ़्तार करने का आदेश दे दिया—जो भी है यह मनई, कल तक हाजिर किया जाए।

इस पर जो हँसी मची कि पूछो मत। मनई बाबा की गिरफ़्तारी भी सम्भव थी, ये तो लोगों ने सोचा ही नहीं था। एक सिरे से सबने यही ख़्याल किया—हो न हो, नये ज़माने में और शहरों में मृतकों की यादों को गिरफ़्तार करने की कोई तकनीक भी आ गयी हो। यह राय इतनी आम बनी कि उस वक़्त लोगों ने मनई बाबा के न होने की बात ही नहीं बताई। पर जब बताना चाहा तब तक देर हो चुकी थी।

लोग फिर नारे लगाते रहे। धूप साथ थी जो चढ़ रही थी। बैंक के बरामदे से पीपल के पेड़ तक लोग ही लोग थे जो रह-रहकर परेशान हो ले रहे थे। बातचीत का क्रम शुरू होता है और टूट जाता। अफ़सरों की समझ और भाषा इतनी पराई थी कि लोगों की हँसी उन्हें अपना मज़ाक उड़ाने जैसी लग रही थी। इसका यक़ीन करना मुश्किल है कि लड़ाई अब बैंक और मनई बाबा से अधिक, भाषा की हो गयी थी। देहात के लोगों की अचूक बोलियों से अफ़सरान भीतर तक बिंध जाते थे। जितना ही वे अपमानित महसूस करते, उनके प्रवचन फैलते जाते थे।

जैसे सबको पता हो कि नतीजा शिफ़र ही होगा। गाँव के लोग बैंक की जगह बदलने पर कतई तैयार नहीं थे और शासन तो वैसे भी श्रेष्ठ लोगों का काम है, वे भला कैसे पीछे हट सकते थे! ऐसे में एक बार फिर उसी आला पुलिस अधिकारी ने मोर्चा सँभाला, जिसने मनई की गिरफ़्तारी के आदेश दिये, "बैंक से आपकी

ज़रूरतें शाहपुर में पूरी हो जाएँगी। हमें कड़े निर्णयों के लिए मजबूर न करें। कम से कम लोकतन्त्र में अगले को निर्णय लेने का तो मौक़ा दें। बैंक के स्थान परिवर्तन में मदद करें, इससे देश का विकास होगा।''

लोगों ने हर बार की तरह सुना। हज़ारों की भीड़ से एक दनदनाता हुआ जवाब आया। यह सुमेर था, जो अब भी हमारी यादों में तन्दुरुस्त है। सुनने वालों ने इसे सुमेर का बचपना ही माना। उसका जवाब था, ''साहब, आपको यह जानकर ताज़्जुब होगा कि हम भी इसी देश में रहने वाले हैं।''

सब चुप! साहब जो इतनी शानदार हिन्दी बोल रहे थे, उनका मिजाज ढीला हो गया। उन्हें जवाब देने की तैयारी करनी पड़ी। वाजिब है कि कोई इस पर विश्वास न करें—साहब के चेहरे पर एक ख़ास भाव के आने से भगदड़ मच गयी।

सुमेर के कटीले जवाब का जवाब साहब भी व्यंग्य में ही देना चाहते थे। व्यंग्य की समूची तैयारी से साहब ने एक वाक्य उछाला था, ''अच्छा, तो तुम भी इसी देश के रहने वाले हो?''

यह वाक़ई शानदार व्यंग्य बना होता बशर्ते साहब के चेहरे पर गर्वीली और उपेक्षा से भरपूर मुस्कराहट आ गयी होती। पर ऐन वक़्त, उनका चेहरा उन्हें ही धोखा दे गया और हज़ार लोगों के सामने पकड़े गये। वे चाहकर भी नहीं मुस्करा पाये और उनका चेहर तना रह गया, जिसे सबने देखा।

मुस्कराहट की ग़ैरमौजूदगी से यह व्यंग्य भरी बात प्रश्न में बदल गयी। सबने यही समझा, जैसे बड़े साहब सचमुच नहीं जानते थे कि सुमेर किस देश का रहने वाला है? किसी को जो बैंक की बात याद रह गयी हो। भाषा की लड़ाई में पहली बार तात्कालिक पराजय बड़े साहब की हुई, ये वे भी जान गये थे।

उन्हें भी एहसास हो गया कि वे चूक गये हैं। चूक गये हैं और देहातियों के साथ शासन के तरफ़दार सैकड़ों लोगों की निगाह में उनकी चूक चढ़ गयी है। सो उन्होंने दुबारा ज़ोर मारा और फिर चूक गये। उनके इस वाक्य को प्रेम और वात्सल्य से भरपूर होना था पर वह धमकी भरा निकल गया—बालक तुम्हारे जैसे को एक पल में बता दूँगा कि तुम किस देश के हो?

बड़े साहब को लगा उनका सर चकरा जाएगा। अपना ही चेहरा बेसँभाल निकल गया। ग़लती पर ग़लती। हज़ार ग़लती। देहातियों के सामने पराजय एक क्षण के लिए मान्य भी थी पर अपने लोगों से शर्म आ रही थी। हर तरह की भीड़ चुप थी। सब के सब बड़े साहब को देख रहे थे और यह देखना खूब बड़े साहब भी देख रहे थे। हर बात उल्टी चली जा रही थी और उन्हें लगा, सुमेर मुस्करा रहा है। साहब उसे देखते रहे और कुछ पल थम कर उन्होंने जो किया उसमें सफल रहे।

साहब ने एक सड़ी हुई गाली दी और उसकी प्रतिक्रिया उन्हें न जाने कैसी

लगी कि एक थप्पड़ चला दिया। हज़ार-बारह सौ लोगों के उलझे सवाल को सुलझाने का यह तरीका अचूक और पुराना था। वैसे, कायदे से सुमेर को बदले में थप्पड़ नहीं मारना था।

फिर जो भगदड़ मची उसका अहवाल वही सुना सकता है जो वहाँ नहीं था। वजह कि वैसी वीभत्स घटना कल्पना की क़ूवत के बाहर है। बाजरे की फ़सलें जो बित्ते भर उग पाई थीं, रौंद डाली गयीं। अगर अरहर के खेत न मिले होते तो हमारा भी बचना मुश्किल ही था। अरहर की ऊँची और परिचित फ़सल ने हमें गति बढ़ाने और लम्बी साँस लेने का मौक़ा दिया।

अगर गाँववालों के कोई गुनाह हैं तो उसे ईश्वर माफ़ कर सकते हैं या सुमेर के पिता। घेरा को तुरन्त प्रभाव से ख़त्म कर दिया गया। बैंक के स्थान परिवर्तन में उतना ही समय लगा जितने में मार्च के महीने में कोई पुरुष अपनी प्रेमिका को याद करता है। हज़ार-बारह सौ की भगदड़ में जो कुछ नुकसान हुआ वह इतना कम था कि प्रशासन की तारीफ़ होनी चाहिए, जबकि आँकड़ों से हमारी कोई लड़ाई नहीं है। और तो और, बड़े साहब ने सुमेर को बचाने की भी कोशिश की, इसलिए उसे गिरफ़्त में ले लिया था। पर कहते हैं न, होनी तो फिर होनी है। उन बेचारों को गिरफ़्त से ख़ुद को छुड़ाकर सुमेर ने ख़ुद को ही भगदड़ में डाल लिया था।

सुमेर के पिता ने भी हद कर दिया। सबने कहा और बार-बार कहा, 'बेटे की मिट्टी ले आओ।' जिस दिन आख़िरी बार सरकारी हरकारा आया था, दिन डूब रहा था। वह आदमी खेत के पास खड़ा रहा। गाँव के लोग भी थे। खेत की मिट्टी नर्म कर चुके सुमेर के पिता आठ हाथ लम्बी क्यारियाँ भी निकाल चुके थे। आलू की आँख ऊपर रखकर रोपाई भी कर ली और जब क्यारियों पर मिट्टी चढ़ाने लगे तो पूछिए मत, क्या शानदार गोलाई उभर कर आई थी। सरकारी हरकारे को पास बुलाया। नयी और अनजानी दिशा की ओर सर किया, पूछने लगे, "सुमेर के नहीं होने का यक़ीन दिलाओ।"

मैं तहेदिल से आपका शुक्रगुजार हूँ कि आपने इसे क़िस्सा समझकर ही सही, पर सुना। हम बहुत सारी राजनीतिक पार्टियों के भी वैसे ही शुक्रगुजार हैं। वे भी आपकी तरह ही धैर्य से सब देखते रहे और देश-हित की लड़ाई में शामिल होने का मौक़ा ढूँढ़ते रहे। जो उन्हें मनई बाबा की गिरफ़्तारी के बहाने मिल भी गया। इन पार्टियों के शोर ने हमें गर्मी से बाहर निकाला। वरना हमने तो जैसे अपने किरदार जला डाले थे। चालीस-पचास गाँवों ने मान लिया था कि रोज़मर्रा और सूर्य की आवाजाही के सारे तर्क टूट गये हैं। ऐसे हाल में हमें कटे अँगूठे के निशान वाली पार्टी ने चौंकाया।

इस पार्टी के ज़िलाध्यक्ष इतने ऊँचे पद से रिटायर थे कि उनकी समझ पर

किसी को शक़ नहीं था। मनई बाबा की गिरफ़्तारी के विरोध में वे आमरण अनशन पर बैठ गये। बाक़ी की पार्टियाँ हदस गयीं। पर इस होशियार ज़िलाध्यक्ष ने मौक़ा दे दिया। ये साहब, अनशन पर बैठे ज़रूर, पर एक लाश लेकर बैठे। अख़बारी मौसम उनके साथ जा रहा था कि बाक़ी सभी पार्टियों ने एक साथ जीवित 'मनई' को खड़ा कर दिया। पूरा मामला ऐसे घूम गया जैसे पृथ्वी रोज़ घूमती है। सामान्य।

इन दलों ने गजब तरीक़े अपनाये। अपने-अपने जोड़-घटाव से इनके मनई तय किए गये थे। धुआँधार नारे लिखे गये। इनके मनई पार्टी ऑफ़िस से अपनी यात्रा शुरू करते। वहाँ से कोई जीप पर, या पैदल ही पैदल निकलते, लोगों के आशीर्वाद लेते हुए थाने तक यात्रा करते। वहाँ के पुलिस अधिकारी हँस कर इनका स्वागत करते और धूमधाम से गिरफ़्तारी होती। इन नये नेताओं ने अपने नाम से 'मनई' जोड़ लिया।

पार्टियों से हम जगे ज़रूर पर हमारे मिलने-जुलने का कोई शोर नहीं था। हम अलग-अलग लोगों से मिलते और चुप हो जाते। वह व्यक्ति जान जाता कि हम चुप क्यों हैं ? हमें लगने लगा था, मनई किसी गाँव का नाम है जिसे हमने ही बसाया था। कुछ दिनों के लिए हम इस गाँव के ख़्याल से दूर हुए और जब वापस आये तो हम अजनबी थे। हमारे ही गाँव में हमें दूसरे दर्जे की मान्यता मिली। इसकी गलियाँ हमें धोखा दे जा रही थीं। और हमारा एतराज़ भी यही था।

हमारे एतराज़ पर भले लोगों का ग़ुस्सा भी जायज़ था। कहाँ तो वे एक नायक ज़िन्दा रह रहे थे और हम थे जो अपने मनई को बार-बार मरा हुआ साबित कर रहे थे। मनई को मरा साबित करने के सारे तर्क ग़लत थे। पर हममें डर बैठ गया था कि मनई नाम के साथ कोई ओछा मुहावरा न बन जाए।

एक दिन, हम कई लोग थे जो, अपने ही बसाये इस गाँव की सड़क तक नहीं पहुँच पा रहे थे। रास्ते अबूझ हो चले थे और हम इस गली से निकल कर दूसरी गली में आ जाते। इस तरह इन चुप्पियों में ही हमने जाने कैसे मनई बाबा का चौरा बाँधने का ख़्याल पाल लिये।

चौरा बाँधने का जो कायदा चल निकला है, उसमें गाँव के कुछ लोग एक गुणा पाँच डेग की ज़मीन पर कुदाल चलाते हैं। यह ज़मीन गूलर के पेड़ के नीचे होनी चाहिए। जिन गाँवों में गूलर नहीं रह गये हैं, वहाँ कोई भी पेड़ चलता है। उस ख़ास ज़मीन की मिट्टी को भुरभुरी करते हैं। घास अगर हुई तो हटाई जाती है। उस मुलायम मिट्टी में सवा पसेरी राख, उतना ही धान और पानी छींटते हैं। गूलर की पत्तियों को सिलकर इस ज़मीन का घेरा तैयार करते हैं।

अब मेरी बारी होती है। मैं मन में एक इच्छा रखता हूँ कि माहौल में तेज़ी रहे। लोग चौरे को घेरे बैठे रहते हैं और मैं, अभिशप्त द्रष्टा और पीड़ित वाचक, पूरी

कथा दुहराता हूँ। मेरा जानना मेरे ख़िलाफ़ चला गया है। वैसे मैं इस दुख से सुखी हूँ वरना अपने ही बीच का कोई दूसरा होता जो मेरी जगह होता। जब कथा समाप्त होती है तब सभी जनें इस तर ज़मीनी मिट्टी को घर ले जाते हैं।

कुछ गाँवों की चौरे को तराशे संगमरमर से बाँध दिया गया है। एक गाँव में बाकायदा मनई बाबा के स्थापना गीत भी गाये गए। मैंने उस गीत को लिखा और पाया कि मातृभाषा में लिखना कितना कठिन है।

मुझे ये सारी बातें चुभती हैं। मेरी रातों को इस क़िस्से ने डँस लिया है और जब से शासन ने मेरे ख़िलाफ़ कार्रवाई की है, मैं पाता हूँ कि मेरी गति बढ़ गयी है। मेरे गाँव-गिराव के लोग इस कार्रवाई से नाराज़ हैं और मुझे मैडम के इश्क़ का अपराधी बता दिया है। हमारी चालें इतनी सीधी हैं कि दुनिया हैरान है। वैसे अगर मैं गिरफ़्तार होकर नहीं जा रहा होता, तो भी मुझे कल अपने लोगों के साथ जंक्शन पर आना था। कल वे लोग कोई सटीक जगह देखने आएँगे। ऐसी छोटी-सी जगह जो आने-जाने वाले रेलगाड़ियों से दूर से दिख जाएँ और याद की तरह, दूर तक दिखती चली जाएँ।

नया

तारीख़ : नौ अगस्त दो हज़ार कुछ भी

सेवा में,
सम्माननीय प्रधानमन्त्री महोदय, भारत सरकार
प्रधानमन्त्री कार्यालय,
नॉर्थ ब्लॉक,
नई दिल्ली-110 001

विषय : अंक गणित के एक सदियों पुराने आसुरी सूत्र में मानवोचित परिवर्तन की ख़ातिर महामहिम प्रधानमन्त्री से एक विनम्र दरख़्वास्त।

महानुभाव,

मैं, राजेश कुशवाहा, भारत देश का, नागरिक नहीं, ग्रामीण हूँ। मेरे लिए यह फ़ख्र की बात है जो मैं अपने मुल्क के प्रधानमन्त्री से मुख़ातिब हूँ। श्रीमान, साथ ही मुझे पूर्ण विश्वास है कि मेरी अर्जी सुनी जाएगी वरना, आवेदन की शुरुआत में ही अत्यन्त निराशाजनक बात कहने के लिए क्षमाप्रार्थी हूँ, मेरे लिए जीवन के दूसरे सारे रास्ते बन्द हैं।

मैं अपने क़स्बे के निजी शिक्षण संस्थान मे कक्षा दसवीं तक के होनहारों को भूगोल पढ़ाता हूँ। बैंक मैनेजर ने आज दोपहर का समय दिया था। पिताजी भी चाहते थे, सावन के पहले पखवाड़े में ट्रैक्टर दरवाज़े पर खड़ा हो। पिछले छः महीने से हम चक्कर काट रहे थे। सरपंचजी तथा तमाम अन्य लेने देने वाले लोगों ने समय से साथ दिया। इसलिए दो-चार लोगों से लेन-देन की बात तब बुरी नहीं लगती जब काम बन जाता है।

सर, मैं यह स्पष्ट करना चाहता हूँ कि सीधे आपको सम्बोधित कर, मैं आपके पद की गरिमा का मज़ाक नहीं बना रहा, जैसा कि चलन है। भारत जैसे सोये हुए राष्ट्र के प्रधानमन्त्री की गरिमा, शक्ति और दुश्वारियों का मुझे ख़ूब भान है। दूसरे,

जैसी मुश्किल मुझे बख़्शीश में मिल गयी है और छोटा मुँह बड़ी बात, जिस तरीक़े से मैं इस आसुरी सूत्रों से तथा शक्तियों से भिड़ा हूँ, उससे मुझे यह नैतिक साहस मिला कि मैं आपसे ही अपनी बात कहूँ। तीसरे, मैं मतदान करता हूँ, मैं उन बड़े लोगों में से नहीं हूँ जो इस लोकतन्त्र का शामिल हिस्सा तो नहीं हैं पर अपने हिस्से की कमाई और अपराध ख़ूब करते हैं।

शिक्षक होना मेरी पसन्द का काम कभी नहीं रहा पर, जैसा कि आप आगे के हिस्से मे देखेंगे, ज़रूरत भी अनोखा शब्द है। पढ़ाने से ज़्यादा उबाऊ मुझे पढ़ना भी नहीं लगता है। इसलिए मैने पहले पहल खेती का काम चुना। ज़मीन अपनी तो न थी, पर पट्टे के चलन और मेरे उत्साह ने बात बना दी। आज की तारीख़ में ज़मीन होती तो पता है उसके पट्टे का सालाना किराया कितना होता? आप इतने व्यस्त दिखाये जाते हैं कि आपको पता भी नहीं चल सकता, देश के अर्थतन्त्र से कितनी चीज़ें छूटी पड़ी हैं। पैंतीस हज़ार रुपये प्रति एकड़। इसे आप विस्मयादिबोधक चिह्न के साथ पढ़ें। और उससे भी अनूठी बात यह कि हम, गर्जू किसान, हर वर्ष इतना देते हैं, देने के लिए तैयार रहते हैं। बीज पानी बिजली दवाइयों के खर्चे, आपकी जानकारी के लिए बता रहा हूँ, इससे अलग हैं।

पहले साल मैने दो एकड़ के पट्टे लिये और साल की दो फ़सलें लीं। धान और टमाटर। टमाटर के बीज ख़राब निकल गये, पर उसका क़िस्सा अलग। मेरी मेहनत बेकार नहीं गयी थी, फ़ायदा मिला था। पिताजी भी ख़ुश थे और इस बार हम चार एकड़ का पट्टा लेने वाले थे कि उन्ही दिनों किसी निर्माण कम्पनी ने मेरे छोटे से गाँव में चार पार पुल बनाने का परोपकारी ज़िम्मा लिया। जी, मैं ज़रा-सा ग़लत हो रहा हूँ, शायद तथ्य कुछ ऐसे हैं कि मुख्यमन्त्री के तीन लगातार चुनावों का खर्च वहन करने वाली यह कम्पनी थी जिसे विश्वास और साथ निभाने का तोहफा मिला। अगले पाँच सालों तक ये कम्पनी जितना चाहे पुल, भवन, बाँध के निर्माण राज्य मे कर सकती है। सारे टेंडर इसी कम्पनी के नाम गये।

मेरे गाँव के जितने ज़मीन मालिक हैं सब बाहर रहते हैं, बड़ी-बड़ी नौकरियाँ करते हैं, और कहने भर को अपनी ज़मीन से ख़ूब प्यार करते थे। जब उस कम्पनी ने ज़मीन की क़ीमत बढ़ानी शुरू की तो सबने रोते-रोते अपनी ज़मीन बेंच दी। सबको अपनी ज़मीन जाने का बहुत दुख हुआ था। कुछ लोग तो उस पैसे को बैंक में रखते हुए भी बहुत रोये थे। सर, आपसे निवेदन है कि पत्र का यह पैरा कहीं बाहर कोट न करियेगा, क्योंकि अपनी ज़मीन बेंचने वालों मे ज़्यादातर बुद्धिजीवी थे और इन लोगों ने अपनी सारी उम्र शब्दों की बाज़ीगरी के सहारे काट दी। वे आपको ही ग़लत साबित करने लग जाएँगे। वे ये साबित करेंगे कि ज़मीन बेंचना उनकी मजबूरी थी। वे कोई आन्दोलन नहीं कर सकते थे क्योंकि इस देश मे आन्दोलनों का हश्र वे

लगातार देखते आये हैं।

उस समाचार चैनल और समाचार-पत्र के सम्पादक का नाम आपने सुना ही होगा, मेरे ही गाँव का है और ज़मीन बेंच कर सबसे ज़्यादा पैसा उसी ने कमाया, इसलिए सबसे ज़्यादा दुखी भी वही होगा। आप जैसे ही कुछ कहेंगे, वह सम्पादक आपकी सरकार और पार्टी के ख़िलाफ़ ख़बरें छापने लगेगा। आपको उसे मोटा विज्ञापन और राज्यसभा की कुर्सी देनी पड़ेगी। इसमें भी नुकसान आपका नहीं होगा। मेरा होगा। पिछले पाँच वर्षों से मै उससे नौकरी माँग रहा हूँ और वह मुझे पिछले पाँच सालों से नौकरी नहीं देने का सटीक बहाना ढूँढ़ रहा है। उसे बहाना मिल जायेगा।

मैंने पहले साल जिनकी ज़मीन पट्‌टे पर ली थी वे देश का बड़ा नामी मास्टर और साहित्यकार हैं। एक पत्रिका के सम्पादक भी। इस बात के लिए ख्यात हैं कि आज तक उन्होंने कभी किसी को अपना वोट नहीं दिया पर सरकारी विज्ञापन और वेतन उठाने में उस्ताद हैं। जब ज़मीन लूटी जा रही थी तब मैं उनके पास गया था। राजधानी में रिहाइश रखते हैं। जब मैं उनके पास पहुँचा तब वे दोनों हाथ से दो आलेख लिख रहे थे। बाएँ हाथ से ज़मीन छीनने के पक्ष में और दूसरा, ज़ाहिर है, दाहिने से ज़मीन छीनने के विरोध में। दोनों आलेख साथ ही साथ पूरे हुए। उन्होंने मुझे पढ़ाया। लगा कि वाह! क्या बुद्धिजीवी हैं! मेरे तारीफ़ करने से वे खुल गये और मेरे तत्कालीन सपनों पर पानी बहा दिया। कहा, "ज़मीन का मन माफ़िक दाम मिल जाये तो सरकार को झूठ की परेशानी में डालने की क्या ज़रूरत? है कि नहीं?"

मैंने कहा, "है।"

जिस किसी के पास मैं अपनी मुश्किल ले कर गया सबने यही कहा, "इसमें नया क्या है?" जबकि सभी जानते हैं कि हर रोज़ लगने वाली भूख नयी होती है, रोज़ उगने वाला सूरज नया होता है और उतने ही महत्त्व का जितना पिछले रोज़ का सूरज या पिछली भूख। कुछ लोगों को मेरा दुख मज़ा देने लगा था और मेरा दुख सुनने के लिए मुझे दूर-दूर से बुलावे आने लगे। मेरा दुख सुन के कहते, "इसमे नया क्या है?"

जब पुलों के बनने की कवायदें शुरू हुईं और ज़मीन जाती रही तब से मैंने क़स्बे के मॉडर्न एकेडमी में पढ़ाना शुरू किया है। मेरी मार-पिटाई स्कूल में प्रसिद्ध है। जिस दिन मैं दाहिने हाथ से अँगूठी उतार बायें में डाल लेता हूँ, उस दिन किस कक्षा पर शामत टूटेगी, ये मैं भी नहीं जान रहा होता।

सरकार के पैसों की कोई फिक्र भले नहीं, पर पुलों ने हमारे गाँव का ढाँचा ही ख़राब कर दिया। छोटे से गाँव में चार-चार पार-पुल और दो हाई-वे। सामान्य

पूर्णविराम के बाद इस ख़राब वाक्य को एक बार विस्म्यादिवोधक चिह्न के साथ पढ़ें। मेरा गाँव अब किसी मेंढक का खुला हुआ पेट हो गया है, जिसे हाईस्कूल में जीवविज्ञान से पढ़ने वाली कोई भली-भोली लड़की ठीक से सिलना भूल गयी है। मेंढक अपनी आँतें बाहर झुलाये इधर-उधर फुदक रहा है। हम रोज़-रोज़ मिलने वाले लोग थे और अब तीज-त्योहार पर मिलना भी मुहाल हुआ जाता है। ज़मीन पर चलते सारे रास्ते बन्द कर दिये गये हैं ताकि ग्रामिणों को पार-पुल की आदत लगे। साइकिल चढ़ाते हुए मेरी साँस फूल जाती है और मैं रोज़ ही देर कर जाता हूँ। जैसे कि आज।

जब मै उछल कर साइकिल पर चढ़ा तभी अचानक मेरा ध्यान राजकुमारी कुशवाहा और उनके बछड़े मुन्नन पर गया। अपना हाता पार करते हुए मैंने देखा, मुन्नन अपना खुर खुजला रहे हैं और राजकुमारी देख रही हैं। कल भी मैंने हू-ब-हू यही दृश्य देखा था और सोचा था, शाम को खुरपका की दवा ले आनी है। पिताजी ने भी कितनी बार कहा होगा। क़रीब दस या बीस बार। जबसे रिटायर हो कर आये हैं सबकुछ ऐसे देखते-निरेखते हैं जैसे विछोह का अपराधबोध हो। उनकी बातचीत पर न जायें, भाव-भंगिमाएँ ऐसी बनाये रखते हैं जैसे अगले ही पल घर का तिनका-तिनका सहेज देंगे। सेवानिवृति के बाद जो डेढ़ लाख मिले हैं उनमे उनकी योजनाएँ सुनेंगे तो चौंक जाएँगे।

पर अब ट्रैक्टर लेना है। और आज इन्तज़ार की आख़िरी तारीख़ थी। जब अपने राम खेती कर रहे थे तब तो कभी अपना ट्रैक्टर नसीब नहीं हुआ। किराये पर ले कर खेतों की जुताई कराते रहे। अब पिताजी की इच्छा है कि अपना ट्रैक्टर हो और किराये पर चले। आज बैंक मैनेजर काग़ज़ात पर दस्तख़त कर देंगे और कल ट्रैक्टर अपने द्वार पर होगा। पर आज स्कूल आते हुए देर हुई तो डर लगा, कहीं दोपहर में बैंक जाने से पहले प्रधानाचार्य किच-किच न मचाये।

प्रधानाचार्य की खिड़की से झाँक कर देखा, झौं-झौं चल रही है या नहीं? चल रही थी। राहत मिली कि आज देर से आने का सबब नहीं पूछा जायेगा। मेरा सारा ध्यान इस बात पर लगा था कि कहीं कोई ऐसी ग़लती न हो जाये जिससे आज दोपहर बैंक जाने की छुट्‌टी ही न मिले। अध्यापक-कक्ष में नागेन्द्र जी मिल गये। ये कक्षा सप्तम 'ब' के कक्षाध्यापक हैं और भाषा के काटे हुए है। परनामी के बाद बोल पड़े, ''राजेशजी, स्वतन्त्रता-दिवस के उपलक्ष्य में जो प्रभातफेरी आयोजित होनी है, मैं उस दल का नेतृत्वकर्ता हूँ। तैयारियाँ ज़ोर-शोर चल रही हैं, यही वजह है कि मैं व्यस्त हूँ। अतएव कृपया आप दोनों वर्गों की कक्षाएँ सम्मिलित रूप से ले लेवें।''

मैंने चॉक, डस्टर और रजिस्टर उठाते हुए कहा, ''क्यों न मैं तीनों वर्गों की कक्षाएँ सम्मिलित रूप में ले लूँ?'' ऐसा मैने क्यों कहा ये मैं भर ही जानता हूँ। मेरा

बैंक लोन तीन लाख का है और आजकल मुझे सबकुछ तीन के पहाड़े में ही दिखता है। पर इसका अर्थ नागेन्द्र समझ नहीं पाये। अतएव बेहद विनीत मुद्रा में लटकते हुए कहा, ''हो-हो-हो, आप तो राजेशजी खा-म-खा कुपित हो जाते हैं, मैं तो अपनी समस्या का आसान निवारण ढूँढ़ रहा था।''

मैं जानता था कि नागेन्द्र भाषा के जानकार के साथ ही प्रधानाचार्य का चम्मच भी हैं। कोई खतरा मोल लिये बिना मैं सम्मिलित कक्षा के लिए तैयार हो गया।

आजकल मुझे हुआ क्या है कि मैं ट्रैक्टर और तीन के अलावा कुछ सोच-विचार भी नहीं पाता हूँ। दो कक्षाएँ साथ में चल रही थीं फिर भी माहौल हल्का और स्वस्थ था। नहीं पढ़ने के उस्तादों ने सुझाया, आचार्य जी सामान्यज्ञान के प्रश्न पूछें। मैंने जाने कैसे पूछ दिया, ''ट्रैक्टर में कितने पहिये होते हैं?'' विद्यार्थियों को आप थोड़ी छूट दीजिये, फिर देखिये इतने छोटे से प्रश्न का उत्तर देने मे वे कितनी घंटियाँ गँवा देंगे? किसी ने कहा, चार। किसी ने कहा, छः। जिसने छः कहा वह तन कर खड़ा हो गया। जैसे समूची कक्षा से कहना चाहता हो कि है कोई माई का लाल जो बता दे ट्रैक्टर में छः पहिये कैसे होते हैं? किसी विद्यार्थी ने उसके तनाव में दिलचस्पी नहीं दिखाई। सभी इस अन्दाज़ में ऐंठे रहे कि छः हो या सात, हमें क्या पड़ी है! मेरा दिमाग़ ज़रूर घूम गया था। मैंने डरते-डरते कहा, ''ट्रॉली के पहियों को जोड़ कर बता रहे हो क्या?'' वह सकुचाकर बैठ गया।

मेरे जेहन में तभी यह ख़्याल उभरा था कि ट्रैक्टर के साथ ट्रॉली मुफ़्त नहीं मिलती है। उसे अलग से ख़रीदना पड़ता है। मतलब ट्रैक्टर से कमाई करने मे ट्रॉली का साथ ज़रूरी है। माल-असबाब की ढुलाई हो, शादी-बारात में नाच ले जाना हो, सबमें ट्रॉली ही महत्त्व रखती है। खेती से कमाई तो मौसमी कमाई है। मैं जानता हूँ कि मेरे पास ट्रॉली ख़रीदने भर के रुपये अगले साल-छः महीने तक नहीं होने वाले हैं। आप यक़ीन करें महोदय, ऐसी लाचारी में एक शिक्षक का ग़ुस्सा जायज़ है। मैने उस छात्र को खड़ा किया और डराने के अन्दाज़ में समझाया, ''जब तक कोई ऐसी कम्पनी नही आ जाती है जो ट्रैक्टर के साथ ट्रॉली भी बनाये, तब तक मेरे प्रश्न का जवाब है, चार पहिये।''

दूसरी घंटी के बाद मैं बैंक के लिये निकला। उपर आसमान देखा, बादल नहीं थे। मुझे इतनी ख़ुशी हुई कि हुई ही नहीं। धान के रोपाई का हरा मौसम है। बारिश होगी और ट्रैक्टर मालिकों के भाव उछल जाएँगे। एक सौ बीस रुपये प्रति बीघे की दर चल रही है। कल जब मेरा ट्रैक्टर आ जाये तब जितना मर्ज़ी हो उतना बरस लेना मेरे ईश्वर। पिताजी के साथ सेक्रेटरी साहब, सरपंच भी बैंक आये थे। लोन के पैसे में से इन बेचारों ने अपना हिस्सा पहले से ही तय कर रखा था, फिर भी ये इतने भले लोग हैं कि आज भी आये हैं।

मैनेजर साहब ने उठ कर स्वागत किया। चाय आई। पी गयी। पिताजी ने कई एक क़ाग़जों पर अपने हस्ताक्षर परोसे। पिताजी ने यह भी सोचा कि लगे हाथ पेंसन के क़ाग़ज भी तैयार हो जाये, पर एक साथ सभी ने ऐसी तेज़ी दिखाई कि पिताजी ख़ुशी के मारे चुप हो गये। मैनेजर साहब ने बताया कि खेती से फिर से सोना उगने लगे, ऐसे-ऐसे खाद, बीज, ट्रैक्टर, मौसम और पानी किसानों को उप्लब्ध होने लगे है। सर, यहीं वह बात हुई, जिसे लेकर मैं आप तक आया हूँ।

बंगाली बाबू, जो क्लर्क और न जाने क्या-क्या थे, से मैंने आख़िरकार पूछ ही लिया कि ब्याज कितना लगेगा? सर, जबसे मैंने वह रकम सुनी है, जो मुझे बैंक को चुकानी है, तब से मैं सच में बहुत परेशान हूँ। आप भी कहेंगे इसे पहले ही पता कर लेना था। पर क्या आप बैंक वालों की तकनीक से वाक़िफ़ नहीं हैं? शुरुआत में उन्होंने चीज़ों को इतना सरल करके बताया कि लगा, ये रहा ट्रैक्टर और वो हुई कर्ज़ की वापसी। गाँव के वे लोग जो हमें कर्ज़ दिलाना चाहते थे, उन्होंने कभी यह जानने नहीं दिया कि ब्याज कितना होगा और चुकाने के साल कितने मिलेंगे!

और सबसे ऊपर अपना दोष। मुझे नहीं पता, आप इस पर कितना भरोसा करेंगे पर कहना मेरा फ़र्ज़ है। हम, पिता और पुत्र, किसी जादू मे उलझ गये थे और चाहते ही नहीं थे कि हमें कुछ बुरा भी मालूम चले। हम हर वक़्त यही चर्चा करते रहते थे कि ट्रेक्टर आ जायेगा तो जीवन कैसा ख़ुशहाल हो जायेगा! गाँव के बचे-खुचे बीघों का आँकड़ा बिठाया करते थे। ट्रैक्टर अगर एक सपना था तो पिताजी ने मुझसे छुपा कर यह सपना मेरे लिए ही देखा था, जब राज्य सरकार और एक सीमेंट कम्पनी ने मेरे खेतीं करने के स्वाभिमानी फ़ैसले पर चार पार-पुल बना दिये थे। पिताजी नौकरी के लिए रिश्वत दे नहीं सकते थे और मेरी सारी असफलताओं को स्वीकार करते हुए अपनी आख़िरी जमापूँजी मुझ पर खेल गये। ऐसे में उन्हे यह सुनना भी बुरा लगता था कि कहीं अन्य जगहों पर भी किसी बहाने ब्याज की बात चल रही है।

मैं मन ही मन कोई बेहद मामूली दर सोचता जो बैंक मुझ पर थोपने वाली थी। मुझे सरकार और जनतन्त्र का ऐसा नशा था कि मै यह जान लेने के बाद भी विश्वास नहीं कर पा रहा था, सरकार ने अपनी प्रजा के लिए इतनी ऊँची सालाना दर तय की है।

आप सरकार हैं और मेरा यक़ीन करिये, मैं इतनी मोटी और ग़ैरज़रूरी रकम चुका ही नहीं सकता। जब मेरी गर्दन फँसी है तब मैं आपसे निवेदन करता हूँ कि चक्रवृद्धि ब्याज का यह सूत्र जानलेवा है। सामन्ती है यह सूत्र, जिसके बिना पर कितनों की नींद रोज़ हराम होती है। सूत्र की काली आड़ ले कितने अपराधी अपना गुनाह महसूस तक नहीं कर पाते। रतजगे अब कर्ज़ के कारण होने लगे हैं, ये आप

किसी सर्वे में आसानी से जान सकते हैं। किसी सुदूर द्वीप में नहीं, अपने ही भारत में आत्महत्याओं के अन्तहीन सिलसिलों की ख़बर आप तक नहीं पहुँचती होगी, इस पर विश्वस करने का कोई कारण नहीं है। लोग आत्महत्याओं में भी नया खोजने के आदी हो चुके हैं और अब मेरी उम्र के ख़िलाफ़ वे आत्महत्या की तकनीक आज़माना चाहते हैं।

आप मेरा यक़ीन करें, कर्ज़ की सबसे बड़ी चालाकी उसकी पहली क़िस्त में छुपी होती है। उसका मारक असर तब दिखता है जब हम पहली क़िस्त चुकाते हैं। बीस सालों तक मुझे चुकाना है। मैं तबाह हो जाऊँगा। मेरे साथ मेरे स्वप्न ध्वस्त हो जायेंगे। जब बीस सालों बाद मैं कर्ज़ चुकता कर उठूँगा, ये सर्वाधिक सुखद संकल्पना मैं आपके समक्ष पेश कर रहा हूँ, तब मैं इस शेष और धूसर जीवन का क्या करूँगा! इस यक़ीन की भी कोई सुखद वजह नहीं है कि यह ट्रैक्टर बीस सालों तक चलता चला जायेगा। आय का एकमात्र स्रोत यह ट्रैक्टर है। हम गाड़ी-बंगला वाले लोग नहीं हैं। यक़ीनन, मैंने यह कर्ज़ किसी हराम आराम के नाम पर नहीं लिया है।

इसका समाधान आप कर सकते हैं। इस सूत्र की राक्षसी ताक़तों को कुचल दीजिये। इससे कोई फ़र्क़ नहीं पड़ेगा। जैसे विकास का कोई फ़र्क़ नहीं पड़ा। सत्तर के दशक में पुल बनवाने के लिए लड़ाइयाँ लड़ी गयीं और उस समय सरकार ने इन चीज़ों को ग़ैरज़रूरी माना था तब भी हम ऐसे ही थे जैसे आज जब हर जगह, हर नदी नाले पर निर्माण उद्योग पनप रहा है। ये तर्क ही ग़लत है कि बैंक अपने कर्मचारियों के हित के लिए ब्याज लेता है। बैंक मुनाफ़ा कमाने के लिए सूद लेता है जिसमें, बुरा न मानें, आप भी भागीदार हैं। ऐसे तमाम रास्ते निकाले जा सकते हैं जिससे इस सूत्र को थोड़ा मानवीय स्वरूप दिया जा सके। आप ख़ुद इसका वर्तमान स्वरूप देख लें—

मिश्रधन= मूलधन(1+ दर/100)^{n}

जहाँ n = समय।

अगर आप ऐसा करते हैं तो लोग ख़ुद-ब-ख़ुद इस सारी प्रक्रिया को नयी बात मान लेंगे।

सर, मानवीय स्वरूप से मेरा अर्थ किसी परोपकार से नहीं, बल्कि सर्वजनहित से है। आप इस देश के प्रधानमन्त्री है और सीधे अर्थों में कहें तो लोक कल्याण की ज़हीन भावना भी रखते हैं। आप यह भी जानते हैं कि गणित दोमुहाँ नहीं होता। एक मतलब एक। गणित में नौ और दो सचमुच के ग्यारह होते हैं। अंक झूठे नहीं होते। बेईमान तो हर्गिज नहीं। उल्टे मैं तो कहूँगा कि गणित पालतू होता है। गणित चाह कर भी भौतिकी जितना आज़ाद और इतिहास जितना ग़लत नहीं हो सकता। फिर भी सभ्यताओं को शर्मिन्दगी तक पहुँचाने में इतिहास से ज़्यादा गणित का इस्तेमाल

हुआ है। फटा हुआ नोट भी अपने मूल्य के बराबर ही चलना चाहता है। इसका सीधा और सच्चा अर्थ है कि सूत्रों को एक बार जो आदेश आप देंगे, आप जैसी हस्ती जो सच को झूठ और झूठ को उतना ही बड़ा सच बना देने की क्षमता रखता हो, वे उसे मानने को विवश होंगे।

इस सूत्र में बदलाव सम्भव है। जाहिर है इसका विरोध आपके प्रिय बैंकर और आपके उतने ही अजीज़ देश के लाखों साहूकार करेंगे। मैं आपके सामने अपनी कक्षा की मिसाल पेश करता हूँ। जब मैं बैंक से बाहर निकला तो ग्राम प्रधान ने चेयरमैन की कोठी दिखाई और किसी आश्चर्यलोक में डूबते हुए कहा, "कोई जानता था कि एक ट्रैक्टर के सहारे यह अभागा इतनी ऊँची पदवी तक जा पहुँचेगा!" मैं उनकी बात पर विश्वास करना चाहता था पर तब तक पिताजी भी बैंक से बाहर निकल आये। वे जैसे किसी भी सुख, दुख से उबर चुके थे, तभी शायद बाहर आते ही मुझसे उन्होंने मुन्नन के खुरपके की बात चला दी। किसी को जो सुहाया हो। सब के सब ट्रैक्टर के सपने में मगन रहना और रखना चाहते थे। पिताजी चाहते थे मैं खुरपके की दवा लेकर आऊँ। फिर जाने क्या सोच मुझे स्कूल भेज दिया और ख़ुद दवा लेने चले गये।

मैं जितना ख़ुश होना चाहता हूँ, चाहकर भी नहीं हो पा रहा हूँ। ऐसी उदासी नहीं है जो सफलता के साथ साथ चली आती है। मुझे मुश्किल साफ़-साफ़ दिख रही है। स्कूल के अध्यापक कक्ष में किसी से बात करने की ज़रा भी इच्छा नहीं हुई। कुछ देर महापुरुषों की तस्वीरों के साथ उनकी जगत्-प्रसिद्ध सूक्तियों को देखता रहा। सप्तम 'अ' में भूकम्प पढ़ाना है। कक्षा तक पहुंचाने वाले गलियारे में अजब कसकता एहसास हुआ।

दोपहर के भोजन के बाद की यह पहली घंटी है। गलियारा ख़ाली पड़ा है। कुछ इस तरह जैसे वहाँ उठती गर्द यह बता रही है कि यह अभी अभी ख़ाली हुआ है। गलियारे में बच्चे नहीं हैं पर उनका गिरना, उठना उनकी आवाज़ वहीं मौजूद जान पड़ती है और जैसे ये सारी गतिविधियाँ भी उठ के जाने की तैयारी कर रही हों। मैं ख़ूब परिश्रम से अपने आपको यह सोचने पर मजबूर करता हूँ कि अनुपस्थिति भी अपने आपमें समय सापेक्ष होती है। इतना कुछ सोचते हुए मैंने ख़ुद को एक बात याद दिलाने से रोक ले गया था कि पिताजी को रिटायरमेंट के बाद इतने कम पैसे क्यों मिले?

श्यामपट्ट पर मैंने पाठ का शीर्षक लिखा। आज मैं नाराज़ था फिर भी विद्यार्थियों को पीटने की एक ज़रा इच्छा भी नहीं हुई। मेरी मन:स्थिति को विद्यार्थी बूझ लें, इतना समय मैंने उन्हें दिया और इस बीच समय में मैने श्यामपट्ट पर हीरे का चित्र बनाया। चित्र के नीचे कुछ लिखा और लिखने के बाद बोल बोल के

पढ़ा—चक्रवृद्धि ब्याज। गणित से सब डरते हैं, मेरी मंशा न समझ पाये छात्रों ने समवेत स्वर में कहा, आचार्यजी गणित अब और नहीं, सुबह से गणित की तीन घंटियाँ हो चुकी हैं।

सर, मैं आपको बताऊँ, चाहता तो दो एक पल में अपने लोन पर लगने वाला मिश्रधन मैं पता कर सकता था पर मैं बुरी तरह अकेला पड़ चुका था और डर चुका था। जो ब्याज दर मेरे सामने रख दी गयी थी, उसके बाद छोटी से छोटी संख्या भी मुझे हताश कर देने के लिए काफी थी। उसी वक़्त मैंने यह तय किया कि मैं बच्चों के पास जाऊँगा। सारे बच्चों ने सूत्र रट रखे होंगे पर नये की सम्भावना इन्हीं के पास है या इतना तो विश्वास से कह सकते हैं कि नये की सम्भावना यहाँ ज़्यादा है।

मैं धीरे-धीरे अपना आपा खो रहा था और श्यामपट्ट पर चॉक को किरकिराते हुआ लिखा : तीन लाख। छात्र मेरी ख़ामोशी से परिचित थे इसलिए उनमें से किसी ने नहीं पूछा, यह तीन लाख है क्या? फिर मैं तन्मय हुआ और शिक्षक के किरदार में लौटा, श्यामपट्ट पर लिखा साफ़ किया और पुन: लिखा—

मूलधन= 300000 रुपये समय = 20 वर्ष

दर = 11% मिश्रधन = ? किस्त प्रति महीने = ?

सवाल दो थे और चॉक को मेज़ पर रखते हुए मैं पूरा का पूरा तैयार हो चुका था। यही मेरे लिए आख़िरी मौक़ा था जब मैं विद्यार्थियों में ज़रूरी अनुशासन या ख़ौफ़ भर पाता। समूची कक्षा चुप थी। मेज़ पर दो बार डस्टर पटकते हुए मैंने कक्षा को निहारा। जब सारे मेरी तरफ़ देखने लगे तब कोई भी दया मेरे सारे स्वप्नों को धराशायी कर सकती थी। मैने सबको दिखाते हुए दाहिने हाथ से अँगूठी निकाल कर बाईं में डाल ली। मेरी आवाज़ में जो गम्भीरता थी वह हरेक की आवाज़ में तब पाई जा सकती है जब उसका सर्वस्व दाव पर लगा हो। मेरी तरफ़ से जो बच्चों ने सुना वह यह था, "यह प्रश्न अंकगणित का है और ऐसे सवाल आप पाँचवी कक्षा से हल करते आ रहे हैं। मैं यह नही जानता कि आप इसे कैसे करेंगे पर मैं सबकी कॉपी देखूँगा। आज जो छात्र मार कुटाई से बचना चाहता है उसके लिए शर्त है कि उसका उत्तर सबसे न्यूनतम हो। आपके पास अगला पाँच मिनट है।"

छात्रों को सवाल दे जब मैं खिड़की तक आया तो बाहर एक गाय चर रही थी। मुझे राजकुमारी और मुन्नन याद आये। मुन्नन का खुरपका याद आया। खुरपका कोई नया मर्ज नहीं है, सर्वाधिक विश्वसनीय तथ्यों तक जायें तो बाबर के घोड़े को खुरपका था। तक़लीफ़ यह कि मेरे जेहन में खुरपके की दवाई की कोई शक़्ल नहीं थी। इतना निचाट था कि लगा मैं फफक पड़ूँगा। मैं यह कर्ज़ तुरन्त के तुरन्त वापस करना चाहता था।

मैं ट्रैक्टर और इसके सपनों को किसी अतल गहरी खाई में फेंक आना चाहता

था। मैं पट्‌टे की ही सही पर खेती की ज़मीन चाहता था। इस बार मैं शर्तिया टमाटर की लहरदार पैदावार लेता पर ज़मीन पर पुल बन चुके थे। कर्ज़ बैंक से मिल चुका था और स्वप्न लँगड़े कुत्ते की तरह मेरे आगे-आगे दिख रहा था। मुझे लगा, मैं किसी विद्यार्थी को उठाऊँ और उसे पैरों से पकड़ कर उसका सर अपनी मेज़ पर दे मारूँ। जहाँ मुझे हत्या करने तक का अधिकार मिला था वहीं मैं अपने ग़ुस्से को दबा नही पा रहा था।

सबने सवाल हल कर लिये थे पर दिखाने से डर रहे थे और इसी कारण सर अभी भी कॉपी पर झुकाये हुए थे। मेरी आवाज़ अभी भी दमदार थी, जब मैने आदेश दिया : लिखना बन्द। पहली बेंच के एक लड़के को कान से उठाया और जब तक वह रो पाता तब तक मैने उसे आदेश दे दिये थे : सबकी कॉपी जमा करो। तक़रीबन या कुल तीस कॉपियाँ थीं। खिड़की से मेज़ तक आने जितने समय में जाने क्या हुआ कि मेरी आँखें झिलमिला गयीं। अट्ठाईस वर्ष के नौजवान या बूढ़े के लिए यह अनुचित है। मेरी उम्र रोने की हर्गिज नहीं है। मुझे अपनी यह हरक़त कतई बर्दाश्त नहीं हो रही थी पर पुस्तिकाओं में मुझे ज़रा भी कुछ दिख नहीं रहा था।

वैसे भी मैं इतनी कमान वाला नही हूँ जो अगर कोई सूत्र ढूँढ भी ले तो लागू कर पाये। आपके लिये यह खेल चुटकियों का है। आप चाह लेंगे तो इसे संविधान में भी दाख़िल करा सकते हैं। शायद बच्चों ने मेरे आँसू भाँप लिये थे तभी वे बिना किसी आज्ञा के कक्षा से बाहर चले गये। जब कुछ भी सम्भव न हो सका तो मैंने विद्यार्थियों की ये कॉपियाँ समेटी और बाहर निकल आया।

अभी मैं सरयू के तट पर बैठा हूँ और बहुत दूर से कोई नाव आती दिख रही है। रामायण के क़िस्सों का निहायत आख़िरी प्रसंग लगातार याद आ रहा है। जैसे-जैसे अँधेरा बढ़ता जा रहा है, अपनी ही लिखावट देखने में मुश्किल आ रही है। आपको लिखते हुए मेरी कोशिश रहेगी कि बच्चों की उत्तर-पुस्तिकाओं का पुलिन्दा भी आप तक जा पहुँचे। इससे कोई रास्ता मिलेगा। कई बार मंजिल तक पहुँचाने वाले रास्ते से ज़्यादा ज़रूरी उस रास्ते का पता लगाना होता है जो हमें मंजिल के रस्ते पर ले आये। देर-सबेर जो भी मिलता है, मंजिल तो उसे समझ ही लिया जाता है।

मुझे अँधेरे की फिक्र नहीं है, मुझे फिक्र उस आने वाली नाव के मल्लाह की है। उसके आने से पहले यह ख़त पूरा कर लूँ तभी उससे अपना हाथ दिखा पाऊँगा। आज तक ज्योतिष में विश्वास करने का कोई कारण नही था, अब नहीं करने का कोई कारण नही है। इस मल्लाह की ज्योतिष के क़िस्से मशहूर होने की क़ाबिलियत रखते हैं। मैं इससे तीन सवाल करूँगा। पहला : मेरा अतीत कैसा रहा है? दूसरा : मेरे पिताजी को सेवानिवृति के बाद इतने कम पैसे क्यों मिले या दूसरा सवाल यह भी हो सकता है कि पुल बनने और नहीं बनने के पहले के जीवन में आये फर्क को

मिटाया जा सकता है?

परन्तु तीसरा सवाल तो यही रहेगा : क्या मैं ट्रैक्टर की ड्राइवरी सीख सकता हूँ? ट्रैक्टर ड्राइवरी ज़रूरी है। क्योंकि जिस अन्दाज़ का कर्ज़ है उसमें किसी बाहरी ड्राइवर को सात सौ महीना और दो जून का खाना देना अतिरिक्त खर्च होगा। अगर मैं ख़ुद ड्राइवर रहूँ तो इतना रुपया हर महीने की क़िस्त में जुड़ता चला जाएगा। यह तब तक जब तक आपकी तरफ़ से हमारी मदद का कोई सूत्र न आये। मुझे कर्ज़ की माफ़ी भी नहीं चाहिए। मुझे इंसाफ के अलावा साबुन सोटा सर्फ कुछ नहीं चाहिए। और इंसाफ है कम ब्याज। कर्ज़ लिया है और उसे चुकाना हमारा धर्म है, पर अनाप-शनाप ब्याज के साथ नहीं। इसके लिए, सर, मुझे आशा ही नहीं पूर्ण विश्वास है कि आप चक्रवृद्धि ब्याज के सूत्र में कोई न कोई मानवोचित परिवर्तन ज़रूर कराएँगे।

भवदीय, राजेश कुशवाहा, बौली, लार
देवरिया (उ.प्र.) पिनकोड-200001

पत्र की प्रतिलिपि

1) ईश्वर के लिए : आदरणीय महोदय, आपके बारे में कितना कुछ सुना है, लोग आपकी पूजा करते हैं, सदियों से आपके लिए जान लेते रहे हैं, आपको सर्वशक्तिशाली कहते हैं पर मैंने आज तक आपका कोई कारनामा नहीं देखा। इस बार कुछ चमत्कार दिखायें। इस गन्दे सूत्र में एक ज़रा मानवीय बदलाव भी समूची मानवता के हित में होगा। लोग नींद भर सोएँगे और पेट भर खाएँगे। नस्लें सुधर जाएँगी और आप पर हो रहे अथाह खर्चे का एक औचित्य भी दिखेगा। यह आपके लिए भी आख़िरी मौक़ा है, मेरे ईश्वर।

2) अमेरिकी राष्ट्रपति के लिए : क्षमाप्रार्थी हूँ कि आपका नाम ईश्वर के बाद लिया। दरअसल यह ज़माने की पुरानी टेर है वरना सचाई से आप भी वाक़िफ़ हैं कि आपमें और ईश्वर में मुक़ाबिला हो तो कौन बीस छूटेगा। कृपया, आप मेरे जीवन मरण के इस सवाल में ज़रा भी दिलचस्पी दिखायें, फिर तो आपकी देखा-देखी यह नकलची और पिट्ठू दुनिया इस जीवन-मरण जितने मुश्किल सवाल को हल करने में भिड़ जायेगी। क्या पता, ईश्वर से आप इस बार बाज़ी मार ले जायें, यह आपकी ताक़त का सत्यापन होगा।

कवि

कवि होने से पेश्तर प्रदीप पर मुझे कोई दूसरी बढ़त हासिल नहीं थी। इसका पता भी सिर्फ़ मुझे ही था वरना बाक़ी दुनिया के लिए हम अतुल्य थे। प्रदीप मेरा बॉस नहीं था पर सीनियर था। उसके कई-एक काम मुझे करने होते थे। मेरे टेबल (वर्क स्टेशन) की तुलना में उसका चेम्बर भव्य था और कोई एक तुक भी ऐसा नहीं था जो हमारे बीच के तनाव या कह लीजिए सम्बन्ध का तर्क बने।

पहले ही दिन से हमारे बीच फाँक पड़ गयी।

मेरे सुपरवाइजर ने प्रदीप से परिचय कराया। दोपहर के भोजन के लिए हम साथ-साथ कैंटीन गये। मेज़ पर कम्पनी के छह-सात बड़े अधिकारी थे। व्यवसाय से अलग दुनिया-जहान की बातें हो रही थीं। उनकी सूचनाओं से मैं चकित था और चुप-ही-चुप खाये जा रहा था। प्रदीप की गति आर्थिक मोर्चे पर अच्छी थी और बात होते-न-होते जनसंख्या पर पहुँच गयी। बाक़ी लोग, जो 'डेजर्ट्स' खा रहे थे, हल्की बातें कर रहे थे, जैसे सरकार की कोशिश पुरसुकून नहीं है। विभिन्न जातियों को भी ख़्याल रखना चाहिए। प्रदीप ने माल्थस के जनसंख्या नियन्त्रण सम्बन्धी सिद्धान्त का जिक्र किया।

माल्थस का जिक्र सुन मैंने प्रदीप की ओर देखा। उसने समझा कि मैं कुछ कहना चाहता हूँ। पूछा, ''एनी आइडिया ओवर दिस?'' नौकरी या ऐसी संवेदनशील जगहों पर मैं राय ज़ाहिर करने से बचता हूँ। 'जनसंख्या' मुद्दा न होता तो यहाँ भी चुप रहता। मेरे भाव इस तरह फूटे—जनसंख्या नियन्त्रण औपनिवेशिक विचार है। हो सकता है यह पृथ्वी के लिए उपयोगी हो पर अपने मूल में यह साम्राज्यवादी सोच है।

मैं हमेशा ही उपस्थित मुख्यधारा के विरोध में कैसे चला जाता हूँ, यह मुझे भी नहीं पता। प्रदीप मेरी दलील से चौंका। कहा, ''कम अगैन? क्या कहा?'' मैं रत्ती भर मुस्कराया और अपनी बात दुहरा दी। उसमें यह पैबन्द लगा दिया कि यूरोपीय देशों ने हर जगह अपना उपनिवेश बना रखा है और अपने शासन या भाषा के बलबूते उस उपनिवेश में जनसंख्या बढ़ाये रखते हैं जैसे फ्रांस, कनाडा में, स्पेन, अर्जेंटीना तथा मेक्सिको में; और ख़ुद इस मुग़ालते में रहते हैं कि उनकी जनसंख्या

कम है। साथ ही हम भारतीय या अरब या चीनी लोगों को यह सबक याद कराते रहते हैं कि हमें जनसंख्या पर नियन्त्रण करना चाहिए।

मेरे तर्क से प्रदीप हैरान हो गया, "हू आर यू मैन?" दुबारा पूछा, "कहाँ से आये हो भाई?" इसका जवाब मेरे बॉस ने दिया, "बनारस से।" प्रदीप ने कहा, उसे पता है और उसके पूछने का अर्थ यह था कि कैसी जगह से पढ़-लिख कर आया है! एक सज्जन ने, जिनकी पिछली कोई पुश्त बनारस से जुड़ती थी, मुझे लपक लिया और मुझसे ही बनारस की महिमा बखान करने लगे। मेरा ध्यान प्रदीप पर था। भोजन के बाद उसने मुझे अपने चेम्बर में बुलाया।

मुझसे ग़लती हो चुकी थी। अब मेरी हालत उस खिलाड़ी की थी जिसे अपना बिगड़ा खेल बनाना हो पर वह भी गिने-चुने दिमाग़ों में से एक निकला। मिलते ही पूछा, "पी.यू.सी.एल. का अध्यक्ष मेरे ही गाँव से है।"

मैंने कहा, "कौन, प्रभाकर सिन्हा?"

उसका लपकता हुआ सवाल आया, "जानते हो उसे?"

मैं उसे सामान्य ज्ञान के तहत ही जानता था और इतना ही प्रदीप को बताया। उसने सीधा सवाल किया, "मैं समझता हूँ तुम 'लेफ्ट' के पक्षधर हो?" प्रश्न सामान्य था, पर इसका सटीक उत्तर मेरे नौकर मन के वश में नहीं था।

उसने दिलासा दिया। कहा, वह किसी से बताने नहीं जा रहा। यह लोकतन्त्र है और सबको अपनी राय रखने की गन्दी आज़ादी है। प्रत्युत्तर ज़रूरी था, इसलिए दिया, "नहीं। और हाँ भी। कम-से-कम सैद्धान्तिकी में वह सर्वश्रेष्ठ हैं।"

वह, "तो तुम पढ़ते भी हो?"

यहाँ से मुझे सँभालना था। कहा, "कभी-कभी। जब समय मिल गया।"

वह, "कौन-सा न्यूज़ चैनल पसन्द है?" इसका जबाव कुछ देता कि उसने लैपटॉप का स्क्रीन मेरी तरफ घुमा दिया। कहा, "तो यह तुम हो। कवि।" कोई ब्लॉग था जो चुगली कर बैठा था।

एक पल के लिए मैं ध्वस्त हो गया। मैं नौकरी के दरम्यान किसी को बताना नहीं चाहता था कि मैं आलोक श्रीयुत तिवारी से अलग कुछ हूँ। कभी कोई बुरी या भली नौबत आयी तो ख़ुद ही बताना पसन्द करता कि मैं कविताई भी करता हूँ। यहाँ बातचीत दूजी शक्ल ले चुकी थी। यह सूचना भी रहस्य की तरह खुल रही थी। ग़ैरज़रूरी पेंच बन रहे थे। वह चालाक इतना था कि मेरे कवि होने से जुड़ी किसी बात पर आया ही नहीं, जिसका मैं जबाव देता। वह अपने पूर्व प्रश्न पर क्रीज से आगे निकल आये बल्लेबाज़ की तरह लौट आया, "कौन-सा न्यूज़ चैनल पसन्द है?"

बताया, "मैं टी.वी. नहीं देखता। दरअसल, मैंने टी.वी. रखा ही नहीं है।" जैसे मेरे कवि होने से बड़ा कोई आश्चर्य इस दुनिया में न हो, उसने मेरी टी.वी. न

देखने के खुलासे को लापरवाही से स्वीकार किया। पूछा, "क्यों?"

मैं, "दरअसल, समाचार चैनल मुझे डराते हैं। वाचकों की शैली मुझमें अपराधबोध भर देती है। समाचार बाँचने के उनके तरीक़े से लगता है कि वे मुझे डाँट रहे हों। कह रहे हों कि इस दुनिया में हुई सारी हत्याओं, लूटपाट का ज़िम्मेदार मैं ही हूँ। इन कार्यक्रमों का पार्श्वसंगीत ऐसी रफ़्तार का होता है कि मेरी धड़कन बढ़ जाती है। मैं चैनल भी इस तरह देखता हूँ जैसे बीते बचपन में किसी की गोद में छुपकर रामलीला देखता था।"

वह खुलकर हँसा और अपनी टीप से मेरी मुश्किल बढ़ा दी, "सो, यू आर रियली अॅ पोयट।" उसका यह वाक्य मेरे लिए अपना पक्ष रखने का मौक़ा था। पहले ही दिन अपनी नौकरी की मुश्किल बढ़ाना कोई होशियारी नहीं होती। मैंने अड़ने के अन्दाज़ में कहा, "कवि हूँ नहीं, था। कॉलेज में।" अड़े रहने की ख़ातिर मुझे अपनी बात पर विश्वास करना भी ज़रूरी था और इसके तर्क यह थे कि नौकरी के बाद लिखना कम से कमतर होता गया। अब मैं सिर्फ़ विचारों से कवि रह गया था। कभी कुछ टाँक दिया, कहीं कुछ नोट कर लिया पर लिखने में जो अनुशासन मैं पसन्द करता था, उससे दूर हो चला था। इसलिए मैंने दुबारा कहा, "था। ...पहले मैं कवि था।"

प्रदीप ने मेरे आत्मविश्वास के आयतन से मेरा भय भाँप लिया। कहा, "मुझे कोई फ़र्क़ नहीं पड़ता। बस अपना काम हमेशा पूरा करते रहना। यहाँ ज़्यादातर लोग ख़ाली समय का ख़ासा हिस्सा टैक्स बचाने, शेयर ख़रीदने या प्रॉपर्टी डीलिंग में बिताते हैं। इनका काम अधूरा रहा तो सब इन्हें काम के लिए डाँटेंगे पर किसी कलाकार का काम अधूरा रहा, मसलन तुम्हारा, तो तुम्हें समय इधर-उधर खर्च करने के लिए डाँटेंगे।" प्रदीप ने यह भी सलाह दी, जब तक ज़रूरी न हो, किसी से यह न बताओ कि तुम 'उभरते हुए कवि' हो—"यही लिखा था न तुम्हारे बारे में?" इस आश्वासन ने मुझे राहत दी।

दो-एक दिन बाद मैं नाश्ते की मेज़ पर प्रदीप और दूसरे लोगों के साथ बैठा हुआ था। 'ज्ञान मीमांसा' चल रही थी। विषय सन्दर्भ एक विज्ञापन था। मैं और प्रदीप शब्दों की मितव्ययिता के पक्ष में थे और दूसरे मैनेजर्स सबकुछ एक छोटे से विज्ञापन में बता देना चाहते थे जो उसे अन्ततः अदर्शनीय बना रहा था। तभी एक बुजुर्ग सज्जन आये। परिचय थमाया। बहुत ऊँची पदवी पर थे। जो कुछ भावभीनी अँग्रेज़ी में पूछा, जिसका आशय था तो तुम कवि हो? उनके कहने में प्रश्न से अधिक दुलार वाला आश्चर्य था। मैंने प्रदीप की ओर देखा। वह मुझसे चारेक साल सीनियर था। प्रदीप मुस्करा बैठा। मैंने बुजुर्ग सज्जन से कहा, "आई वॉज़। ...था।" मैं हँसी के साथ तैयार था और ठठाते हुए बोला, "नौकरी समय कहाँ देती है सर?"

वे मुझे देखते रहे, मैं बीच-बीच में प्रदीप तथा दूसरों को देख लेता था।

उन्होंने नाश्ता हमारे साथ ही किया। वे कम्पनी के बड़े बुजुर्ग थे, इसलिए उन पर 'स्वयं सेवा' का नियम लागू नहीं था। जो ऑफ़िस मेड्स थीं, उनमें से एक उनके लिए पोंगल और बड़ा लेकर आई। दूसरी ने कॉफी या चाय के बीच क्या लेंगे पूछा। वे बताने लगे, उन्होंने नौवीं कक्षा तक सितार बजाने की शिक्षा ली थी। एक कार्यक्रम में, जहाँ तत्कालीन मुख्यमन्त्री आमन्त्रित थे, एक संगीतकार की संगत भी की थी। यह बताते हुए उनके हाथ अदृश्य किसी सितार पर घूम रहे थे। उनकी आवाज़ गूँजती हुई उठ रही थी जैसे कोई थका हुआ आदमी अपनी पोटली किसी और को थमा रहा हो। कहने की ज़रूरत नहीं, इस विश्वास के साथ कि जिससे यह दूसरा आदमी ही उसकी पोटली गन्तव्य तक ले जाएगा।

इसके बाद मुझसे उन्होंने जो कुछ कहा, वह अँग्रेज़ी में तो सुन्दर प्रतीत हो रहा था पर उसका हिन्दी अनुवाद बेहद रोमांटिक बन रहा था। मेरा ध्यान दो भाषाओं के बीच की खाई में उलझ गया। उनके कहे की इतनी ही स्मृति बची कि आलोक, यू शुड कंटिन्यू ऐज़ पोएट।

उनके जाने के बाद सबने पूछा, "क्या मैं कवि हूँ?" इन सबको मैंने मज़ाक से पीटा, "नहीं, आदमी हूँ।" प्रदीप अलबत्ता चुप था। उसके पास सीनियर होने की बढ़त हासिल थी, वरना अभी वह मुझसे निगाह भी शायद ही मिला पाता। उसी दिन के किसी सकुचाए पल में उसने बताया, "स्लिप ऑव टंग। तुम समझ सकते हो।" मज़ाक का एक थप्पड़ मैंने इन्हें भी लगाया, "जी, मैं समझ रहा हूँ। अगर मेरे जॉब पर कोई मुश्किल आई तो फिर आप समझना।" उसे हँसना ही था।

एक बात मेरी समझ में आ रही थी या नहीं आ रही थी कि इन लोगों के सवाल पूछने के अन्दाज़ में जो एक सम्मान था, उसका क्या पाठ हो? कवि होने की ख़बर कपूर की तरह उड़ी और सब किसी संकोच या शर्म में आकर मुझसे अलग से पूछते—मैं कवि हूँ? मैं क्या लिखता हूँ? क्या वह प्रकाशित भी होता है? ज़्यादातर कर्मचारियों की दिलचस्पी यह जानने में थी कि क्या लिखने से मुझे पैसा भी मिलता है? कई लोग यह सलाह देते, मैं मुम्बई क्यों नहीं चला जाता?

इनसे उलट, शायद मेरे बारे में प्रचार के अपराधबोध से या मेरा दिल रखने के लिए, प्रदीप सुनाता, सभी संगठनों में विरोधी विचारों के एकाध लोग भी होने चाहिए। मैं अगर सी.ई.ओ बना तो तुम्हें कवि होने की खुली छूट दूँगा। जो उसकी आदत थी मज़ाक से आनन्द लेने की, उस कारण वह जब-तब मेरे कवि होने की बेकद्री करते रहता था। यह उसकी एकाध अच्छी बातें थीं वरना हर वक़्त हम दोनों में ठनी रहती थी।

उसकी आदत हो गयी थी कि वह किसी के भी सामने मेरे कवि होने का जिक्र छेड़ देता। इससे मेरे कामगार होने की छवि अगर धूमिल न होती तो

'डाइल्यूट' ज़रूर हो जाती थी। जिस दिन मैं रामायण–महाभारत लिखे जाने के काल को लेकर अपने एक बड़े अधिकारी के कष्ट मिटा रहा था और लगभग बात पूरी कर चुका था कि प्रदीप गम्भीरता से पूछा, "आलोक वह जो काम मैंने तुम्हें सौंपा था, उसका क्या हुआ?" मुझे ही नहीं, सबको लगा कि वह मुझे मेरी औक़ात बता रहा है।

वह जमा–जमाया आदमी था और उसके पास तेज़–तर्रार असिस्टेंट भी थे, इसलिए उसका काम जल्दी पूरा हो जाता। मैं नया था। दूसरे, कविता लिखने के समय से ही मेरी आदत थी कि जितना समय मैं काम पूरा करने में खरचता, उससे अधिक समय उसे दुहराने–तिहराने में लगाता। कविता मेरी इतनी ही मदद नहीं करती थी। बाज वक़्त वह मेरे लिए ढाल बन कर खड़ी रहती। काव्य पंक्तियों में मैं छुपा रहता। शायरी के सहारे मैं लोगों पर वार करता था।

प्रदीप आकर मुझसे कोई–न–कोई बहस छेड़ देता। वह आर्थिक विश्लेषण का मास्टर था। अगर आपकी तैयारी ज़मीनी न हो तो दो दिन में वह वशीभूत कर लेता था। दफ़्तर के लोग उसे बुद्धिजीवी मानते थे। मार्केटिंग का बन्दा था पर जब फाइनेंस का जिक्र छेड़ देता तो अच्छे–अच्छे लोग यह शक़ करते थे कि डबल एम.बी.ए. है या ज़रूर फाइनेंस से एम.बी.ए. कर रखा है।

मेरे मामले में उसका यह रवैया समझ से परे था कि हर वक़्त मुझे अपने साथ क्यों रखना चाहता है! सीनियर था, इसलिए मेरे पास आकर बैठने में उसे झिझक आती थी, फिर भी आ ही जाता था। फोन करते हुए। कॉफी पीते हुए। मतलब कि उस बँधे–बँधाये दायरे में जितना अलोकतान्त्रिक हुआ जा सकता था, वह था। बड़े–बड़े अधिकारियों से, जिनके सामने प्रदीप के बॉस तक की घिग्घी बँध जाए, वह आराम से अपनी राय रखता और अपनी छवि को मजबूत करता रहता था। वह दरअसल अपनी प्रतिभा का इस्तेमाल कर रहा था और सब यह देख रहे थे।

अपने सहायकों को पूरी छूट देता। उसे बस काम पूरा दिखना चाहिए, फिर आप चाहें ग़ैर हाजिर रहो, सिनेमा जाओ या जब मर्ज़ी आया करो। काम अधूरा रखने वालों को देर रात तक बिठाये रखता। कोई सहायक किसी मामले में चुगद निकल जाये तो उसे लताड़ते हुए उसका काम भी पूरा कर देता। दूसरे बॉस ऐसे नहीं थे। जैसे आप उनकी पत्नी हों कि वे आपके पल–पल की ख़बर रखते थे। मेरे लिए अलबत्ता यह कोई मुश्किल न थी। मैं नियम–क़ानून का पाबन्द दिखना चाहता था। यह तो प्रदीप ने मेरे कवि होने का भेद बता दिया वरना मैं कभी कोई ऐसी हरक़त नहीं करता था जिससे मुझे भीड़ से अलग 'नोटिस' किया जाये।

मसलन, बांग्ला मूल के एक अधिकारी ने मुझसे पूछा, "क्या मैं... ?" मैंने उनका सवाल पूरा नहीं होने दिया, कहा, "जी, मैं एक मैनेजर हूँ। आई लुक ऑफ्टर

रीजनल सेल्स।'' वे इतने भले थे कि आश्चर्य से भर गये, पूछा, ''तो कोई दूसरा आलोक होगा। प्रदीप बता रहा था कि आलोक कवि है।'' मैंने उनका भ्रम दूर नहीं किया। उन्होंने यह भी कहा, ''पाँच साल के उनके बेटे को हिन्दी की कई कविताएँ याद हैं।'' साथ ही सप्ताहान्त में किसी दिन साथ लंच करने का प्रस्ताव भी रखा।

जिस दिन मेरे बॉस ने मुझसे कहा कि सारा समय मुझे नौकरी में लगाना चाहिए, उस दिन मैंने अपनी आशंका को सही पाया। प्रदीप की ट्रिक काम कर गयी थी। मैंने सोचा, 'यह सवाल रखूँ, आपको ऐसा क्यों लगा कि मैं नौकरी पर समय नहीं देता।' पर मैं नया था और एक ऐसी भूल-ग़लती कर बैठा था जिससे नुक़सान कम चिन्ता अधिक थी।

मकर संक्रान्ति के पर्व पर मैं प्रदीप से प्रभावित हुआ। दफ़्तर छूटने का समय था। वह ऐसे ही किसी बात पर जमी नामाकूल बहस में कुछ लोगों को उलझाये हुए था। अचानक मुझसे पूछ बैठा, ''पंडित, चूड़ा-दही खिलाता हूँ तुझे, कल घर आ मेरे?'' मैं छुट्टी ख़राब होने के ख़्याल से घबराया। मेरे ख़्याल से अंजान वह मुझे अपने घर का रास्ता समझाने लगा। मैं भी शहर में नया था और 'कवि' होने के प्रचार से डरा था। सोचा, घर पर सुलह होगी।

आलीशान घर था। चौखट के भीतर दाख़िल होते ही पत्नी से परिचय कराया, ''आलोक। ही इज़ अ पोएट ऑव वर्नाकुलर।'' मैंने मन-ही-मन अपना सिर पीट लिया। मैंने हँसते हुए प्रतिवाद किया, ''आप मेरे कवि होने का जिक्र हर जगह क्यों करते हैं? दफ्तर में सब मुझे संग्रहालय की कोई चीज़ मानने लगे हैं।''

वह ठहरा, मुझे सोफ़े पर बैठाते हुए कहने लगा, ''तुम्हें इस पर नाज़ करना चाहिए।'' मुझे यह मौक़ा मिल रहा था, जिसे मैंने जाने नहीं दिया, ''जी, मुझे नाज़ है। मैं शौक़िया कवि नहीं हूँ। दफ़्तर में इसके मायने अलग हैं। कोई भी कह सकता है कि मैं कविता पर अधिक समय देता हूँ। मैं ऐसी जगह काम करना चाहता हूँ, जहाँ मेरे कवि होने से न मुझे कोई नफा हो और न ही नुकसान।''

बात लम्बी खिंचती पर भाभी ने हस्तक्षेप किया। वे इतनी सुन्दर थीं कि मैं उनकी बात मान गया। मैंने उन्हें दुबारा नहीं देखा। दुबारा-तिबारा देखने से दूसरा कुछ हो न हो, अगले कुछ दिनों तक मैं बेचैन ज़रूर रहता। सुन्दर स्त्रियों से मैं इतनी भर आज़ादी चाहता था कि उन्हें एक बार बता सकूँ, वे सुन्दर हैं। यह छूट मुझे हर जगह मिलनी सम्भव नहीं थी। भाभी भी कहीं किसी कम्पनी में ऊँचे क़िस्म की मैनेजर लगी हुई थीं। नफ़ासत उनके व्यक्तित्व ही में नहीं, तिल की लाई रखने के अन्दाज़ तक में था।

जब हम दुकेले हुए तब प्रदीप ने एक बात रखी, ''माई वाइफ़ इज़ एक्स्पेक्डेड। हम बच्चों के नाम तलाश रहे हैं। कवि हो इसलिए कुछ नाम तुम्हारे जेहन में हो तो बताना।''

मैंने अनायास ही पूछ लिया, ''लड़का या लड़की?'' इस सवाल का उसका जवाब उसके अब तक के व्यक्तित्व से मेल नहीं खा रहा था। मेरे प्रश्न पर वह झुँझला गया, कहने लगा, ''कमऑन यार। मैं ऐसा हिप्पोक्रेट नहीं कि बातें लम्बी-लम्बी छाटूँ और बच्चे के जन्म से पहले जाँच कराऊँ। यह हिप्पोक्रेसी तुम इंटेलेक्चुअल्स पालते हो।''

आगे की बातें व्यक्तिगत होती गयीं। शादी, प्रेम, जीवन, इत्यादि। पर मैं था कि उसके जवाब पर टँगा हुआ था। पहले ही दिन से वह मुझे भारी हिप्पोक्रेट लगा था। सच में मुझे आश्चर्य हुआ कि उसे अपने होने वाले बच्चे का कुछ पता नहीं है। एक सवाल के इकहरे जबाव ने उसकी छवि मेरे मन में पलट दी। मुझे यह भी लगा कि काश कल से यह मेरा मज़ाक उड़ाना बन्द कर दे।

दफ़्तर की बातें अपने अन्दाज़ में चलती रहीं, उनके बीच ही मैंने अपनी जगह मुक़म्मल की थी। जो बात जिक्र-ए-मीर है, वह है प्रदीप की बेटी का जन्म। महीनों बाद की बात है। प्रदीप बेहद ख़ुश था। वह प्रदीप जो मेरा मज़ाक उड़ाने से कभी बाज नहीं आता था, उसने बताया कि माता-पिता के बाद सबसे पहला फोन वह मुझे कर रहा है और यह भी कि बेटी आशीर्वाद की तरह आयी है और लगे हाथ यह भी कि मेरे सुझाए नामों में से दो नाम वह अपनी बेटी के रख रहा है। घरू नाम—'लोरी' और बाद के लिए 'संस्कृति' चुना है।

मैंने पूछा, ''दो नाम क्यों?'' हँसी-हँसी में उसने ख़ूब जबाव दिया, ''मैं तेरी तरह जनसंख्या बढ़ाने का पक्षधर तो हूँ नहीं। इसलिए दो नाम रखने से मुझे लगेगा, मेरी दो बेटियाँ हैं। समझे कवि।'' फोन रखते रखते उसने कहा, ''आलोक, तुझसे एक और बात करनी है, पर अभी सबको सूचित कर लूँ।''

मैं समझ नहीं पाया, उसे मुझसे क्या बात करनी है! जहाँ तक मेरा मन-मस्तिष्क जा सकता था, मैंने विचारा। किसी हल तक पहुँचने से पहले लौट आया। इस सवाल का जबाव न पाकर मैं इतने भर में ऊभचुभ होने लगा कि यह क्या कम है, प्रदीप ने सबसे पहला फोन मुझे किया।

हफ्ते-दो-हफ्ते भर बाद वह दफ़्तर आया। शहर के सबसे अच्छे होटल 'लेमन ट्री'

में उसने पार्टी रखी। कम्पनी के सारे अधिकारी भेदभाव भुलाकर शामिल हुए। दफ़्तर का माहौल मन्दी के कारण गर्म था। सबको अपनी गर्दन पर तलवार दिख रही थी। काम और दफ़्तरी राजनीति दोनों में मैं विलक्षण नहीं था, इसलिए मैं भी डरा-डरा था। प्रदीप इन सबसे बेख़बर नहीं था पर उसकी ख़ुशी सारी बातें छुपा ले रही थी। मुझसे मिलते ही पूछा, "क्या हीरो? क्या उल्टी-पुल्टी ख़बर चला रहे हो?" वह इतना व्यस्त था कि मैं मुस्करा भर पाया। अगर कुछ कह पाता तो यही कि सम्बोधन में कवि की जगह हीरो ने कब ले लिया?

हद तो तब हुई जब कम्पनी के सी.ई.ओ से मेरा परिचय उसने कराया। इसकी कोई ज़रूरत नहीं थी। अगर हम धरती के लोग थे तो ये सब अधिकारी जैसे सी.ई.ओ. आदि अन्तरिक्ष के सर्वाधिक चमकीले तारे सरीखे थे। उनसे मिलना या न मिलना मेरे लिए कोई मायने नहीं रखता था। मेरा परिचय कराते हुए प्रदीप बोल पड़ा, "...ऐंड ही इज़ अॅ फेबुलस पोयट।" इतना कहते-न-कहते उसने जीभ काट ली। भाव से लगा, उससे ग़लती हो गयी है। वहाँ मौजूद लोगों ने यह तुक ज़रूर पकड़ लिया। एक सज्जन ने पूछा, "ग़ालिब को जानते हो?"

मैं मन-ही-मन हँसा। होगा कोई ऐसा भी जो ग़ालिब को न जाने! पर यह दुनिया अलग थी और सबको जानने की शर्त नहीं थोपी जानी चाहिए। वह फिर ग़ालिब, बुद्ध या कृष्ण ही क्यों न हों! मैने 'हाँ' में सर हिलाया। पता चला, वह सज्जन हमारी कम्पनी के नये सी.एफ.ओ हैं। मैं ग़ालिब को जानता हूँ, यह बात उस सज्जन को जँची। ख़ुश हुए। कहने लगे, "काम पर ध्यान धरो। यूज़ योर क्रियेटिविटी फॉर कम्पनी। ओके?" मैं इससे अलग कुछ कहना नहीं चाहता था, "यस ओके।"

वहाँ से छूटते ही प्रदीप ने खेद जताया। कहा, "आज इरादतन नहीं था।" मैं भी जाने दिया। जाते-जाते प्रदीप ने कहा, "मेरे घर आओ किसी दिन, कुछ बात करनी है।" मैं फिर उसी सोच में पड़ा—क्या बात हो सकती है?

बात थी। उसके घर गया। वह अकेला था। पत्नी स्वास्थ्य लाभ और नवजात की देखभाल के लिए मायके में रुकी हुई थीं। जो बात उसे बतानी थी वह मेरे लिए सामान्य थी और उसे रहस्यमय बनाने की ज़रूरत कतई नहीं थी। इसलिए, मामले को समझने के लिए मैं ख़ुद को प्रदीप की जगह पर रख कर देख रहा था। वह मुझे अन्दर के कमरे में ले गया। बताने लगा, "मैं आज तक जानता नहीं था कि मेरी पत्नी के नानाजी कवि थे।"

मुझे ग़ुस्सा आ गया। इतनी मामूली बात को रहस्यमय बनाने की ज़रूरत क्या थी! अलबत्ता प्रदीप के लिए यह मामूली नहीं था। उसने फिर ज़ोर दिया, "पत्नी ने मुझे कभी नहीं बताया। इस बार जब मैं उसके घर दस दिन रहा तो यह बात खुली। देखो, उनकी सारी किताबें उठा लाया हूँ। वहाँ वे रसोईघर में पड़ी हुई थीं।"

मैंने देखा, परखा—सात किताबें थीं। बालमुकुन्द शर्मा। कवि का यह नाम था। ग़ुस्सा मेरा अब भी वही था कि यह तो सामान्य बात हुई। कवि होना रहस्य की बात नहीं और उसका खुलासा इस तरह सात पर्दों में हो, प्रदीप जैसे व्यावहारिक और प्रोफेशनल इंसान से ऐसी भावुकता की उम्मीद नहीं थी। यह विश्वास करना भी कठिन हो रहा था कि यही वह व्यक्ति है जो मेरे कवि होने को हल्के में लेना अपनी फ़ितरत समझता रहा है। मेरे ख़्यालों से अंजान प्रदीप ने जो बात कही, उसे मेरे जेहन में हू-ब-हू उतर जाना था—डोंट यू थिंक माई डॉटर बिलांग्स टू अॅ ट्रेडिशन?... अॅ पोयटिक ट्रेडिशन?

मैं अजब मुश्किल से दो-चार था। क्या जबाव दूँ? यह आदमी जो मेरे कवि होने को और कविता से उपजे तर्कों को अपने मार्केटिंग दिमाग़ पर हमला मानता था, मेरे कवि को तुच्छ या दोयम साबित करने का कोई मौक़ा नहीं छोड़ता था, आज अपने ख़ानदान में एक कवि पाकर विह्वल हुए जा रहा है। अपने ही में गुम उसने फिर कहा, "क्या संयोग है कि नानाजी के कवि होने का पता तभी चला जब लोरी का जन्म हुआ, है न?"

उसने मुझे एक फ़ाइल दिखाई जिसमें सैकड़ों पत्र थे। उन पत्रों से गुज़रते हुए मैं अपनी राय बना रहा था कि नाना-कवि के औसत होने रहस्य प्रदीप को कैसे बताया जाय! मैं उससे कहना चाहता था, 'सर, यह साधारण कविताएँ हैं', तब तक मुझे मुक्तिबोध के हस्ताक्षर वाले कुछ पत्र दिखे। यह अजूबे से कम नहीं था और अब चौंकने की बारी मेरी थी। मेरी आँखों की चमक प्रदीप ने धर ली। पूछा, "महत्त्वपूर्ण काग़ज़ात हैं क्या?" मैंने अपना मुँह ऐसे खोला जैसे किसी साहित्यप्रेमी से मुख़ातिब हूँ और मुक्तिबोध का नाम बताकर उसे सारा कुछ समझा लूँगा पर क्षण-पलक में ही मैं चुप हो गया। उसने मेरी मंशा भाप ली, कहा, "अगर इसमें से कुछ रखना चाहते हो तो रख लो।"

मेरे सामने मुक्तिबोध का हस्ताक्षरित पत्र था और उसे रख लेने की छूट मुझे मिल रही थी। मेरा मन डोला। मेरी निगाह में इस कवि की अहमियत बढ़ने लगी। मैंने उनकी कविताएँ दुबारा-दुबारा पढ़ीं और उनके अर्थ खुलने लगे। मैंने लालच को हावी नहीं होने दिया, प्रदीप से चुहल की, "यह वह विरासत है जो आपकी बेटी को मिली है। इसे आप सहेज कर रखिए। अलबत्ता मैं इन पत्रों की नक़ल ज़रूर निकालना चाहूँगा। आप कहो तो बालमुकुन्दजी कविताएँ ब्लॉग पर डाल दूँ।"

प्रदीप किसी और दुनिया में खोया हुआ था, हल्के से कहा, "ब्लॉग पर लगा सकते हो?" मेरे प्रत्युत्तर की प्रतीक्षा किये बग़ैर कहने लगा, "सोचो यार, मेरी पत्नी के ख़ानदान में कोई कवि हुआ है। है न अच्छी बात?" मैं बस उसे सुन रहा था। वह एक-एक कर सभी किताबों के कवर पलट रहा था। ब्लर्व के कुछ हिस्से सस्वर और

बाक़ी मौन-ही-मौन पढ़ रहा था। प्रदीप के मन में कविता को अचानक मिले ऊँचे पायदान पर मुझे आश्चर्य हो रहा था।

मैंने हँसी में कहा, ''मेरे कवि होने का बड़ा मज़ाक उड़ाया करते हैं!''

प्रदीप आज किसी और ही जगत में व्याप गया था। कहने लगा, ''तुम्हारे तर्क हमेशा उल्टे और मूर्खतापूर्ण होते हैं। उनसे मुझे डर लगता है। जैसे उस दिन जब तुम बता रहे थे कि क्यों तनख़्वाह में दुनिया की सारी सम्पत्ति नहीं दी जा सकती। जबकि मैं निजी क्षेत्र में आया ही इसलिए कि मुझे पैसा चाहिए। पैसे के लिए मैं रिश्वत नहीं ले सकता। मैं यह कल्पना भी नहीं कर सकता कि मैं किसी से रिश्वत माँग रहा हूँ या किसी फंड का दुरुपयोग कर रहा हूँ। वरना मैं सरकारी नौकरी में आराम से जा सकता था। लेकिन तुम्हारे उस दिन के तर्कों से मैं घबरा गया।''

मुझे अच्छी तरह याद है उस दोपहर क्या हुआ था। मैंने यही कहा था कि काबिलियत के आधार पर तनख़्वाह तय करना एक हद तक ही सही है। मैंने उसे स्मरण कर हँसना ही मुनासिब समझा और बालमुकुन्द के पत्र और उनकी कविता पुस्तकें अपने बैग के हवाले कर दिया। प्रदीप बता रहा था, ''नानाजी की कविताएँ और उनकी भाषा उसे कम समझ आयीं।''

उस दिन हमने साथ ही भोजन किया। खाने की मेज़ पर मैं प्रदीप के स्वभाव में एक नर्मी महसूस कर रहा था। हो सकता है, बेटी के जन्म ने इसे ज़िम्मेदार बना दिया हो और अपनी समझ के अनुसार उस ज़िम्मेदारी का श्रेय ख़ानदानी कवि को दे रहा हो। वह मुझसे छत्तीसगढ़ तथा अन्य राज्यों के बारे में बात करता रहा। आज भी उसका रवैया आलोचनात्मक ही था पर उसमें भाषाई हिंसा नहीं थी। मैने भाषाई साम्राज्यवाद में हिन्दी की भूमिका पर राग मनमौजी शुरू किया तो वह फिर घबरा गया। कहने लगा, ''यह क्या? अब तुम हिन्दी को गाली देने लगे?''

क्या आपने कभी किसी ऐसे खिलाड़ी के साथ शतरंज खेला है, जिससे कभी जीत ही न पाये हों। क्या हो अगर एक दिन अचानक आप उसका वजीर दबोच लें? मैंने प्रदीप का वजीर मार गिराया था। हाँ, यह ज़रूर है कि इसका पता मुझे कुछ दिन बाद चला—खेल वजीर के बिना भी होता है। प्रदीप के प्रति मैंने कोई हिमाक़त नहीं दिखाई। ज्ञान की दिखावटी विनम्रता से मैंने उसे मारा। वह अलबत्ता सारी कोशिशें कर थक गया पर मेरे कवि होने का मज़ाक बार-बार कर बैठता। मैंने भी वह मज़ाक हल्के में ही लेना शुरू किया।

आगे की कथा मुख्तसर-सी है। मन्दी और छँटनी के माहौल में प्रदीप और दो-एक के अलावा बाक़ी सभी प्रोडक्ट मैनेजर्स अपने बिजिनेस से कोई लाभ निकाल पाने में अक्षम थे। ऐसे में कम्पनी ने प्रदीप तथा दो-एक शानदार मैनेजरों पर विश्वास दिखाते हुए उसका लक्ष्य दो गुना कर दिया। प्रदीप न तो कर नहीं सकता

था पर अपनी कुछ शर्तें मनवा सकता था। लक्ष्य पूरा करने हेतु संसाधन सम्बन्धी जो माँगें उसने रखीं, उसमें से ज़्यादातर मान ली गयीं। केवल विज्ञापन के खर्चे में कटौती की गयी। साथ ही उसे एक शख़्स चाहिए था, जो सेल्स टीम की समीक्षा और विज्ञापन के कामों में उसकी मदद कर सके।

मैनेजमेंट उसे इस पद के लिए कोई स्टाफ देना नहीं चाहता था। वजह यह पता चली कि जिस आदमी के विभागीय तबादले की सिफारिश इस पद के लिए प्रदीप कर रहा था, उसकी रिपोर्ट ख़राब थी। उस कर्मचारी के बॉस ने अपनी टीम से निकाले जा रहे कर्मचारियों में उसका नाम तीसरे नम्बर पर रखा था। आप समझ सकते हैं, वह कर्मचारी कौन रहा होगा!

नौकरी मेरी ज़रूरत थी। यह शायद प्रदीप मुझसे अधिक जानता था। उसने मैनेजमेंट से मुझे सर्वे के तथा उसकी रिपोर्ट बनाने के ऐसे काम दिलाये जिन्हें अगर मैं पूरा कर लूँ तो न सिर्फ़ मेरी नौकरी सुरक्षित रहती बल्कि मुझे प्रदीप की सुपरवाइजरी में भेज दिया जाता। ऐसा भी नहीं कि मुझे जो कठिन काम मिला था सारा-का-सारा प्रदीप ने ही पूरा किया हो। मैं भी प्रदीप के साथ दो दिन लगा रहा, तब जाकर वह रिपोर्ट मैं जमा कर पाया। उसने किस बात की छुट्टी ली यह तो पता नहीं पर मैंने बीमारी का बहाना किया था। इसकी क़ीमत उसने मुझसे सूद समेत वसूली—वह अच्छी कविताएँ सुनना चाहता था।

वह भाषा और हिन्दी कविता के तर्कों से इतनी दूर हो चला था कि मैं मुक्तिबोध या तुलसी का रिस्क नहीं ले सकता था। मैंने साथी नीलाम्बुज का एक सादा-सा शे'र चुना—

इश्क़ वालों में ये क़िस्सा बड़ा मशहूर रहा
जो दिल के पास रहा वो ही दूर-दूर रहा।

उसने पूछा, "ये क्या तुमने लिखा है?" मैने इंकार किया। उसने कहा, "वही तो, तुम्हारी कविताएँ मैंने ब्लॉग पर पढ़ने की कोशिश की पर मेरी निगाह बिछ्ल-बिछ्ल जा रही थी। एक भी पंक्ति पल्ले नहीं पड़ रही थी।" यह कह सुन कर हम दोनों ही हँसे।

स्मृति घटनाओं को छान कर संघटित कर देती है वरना जो बातें यहाँ इतनी तेज़ रफ़्तार से दरपेश हैं, उन्हें घटित होने में छह-सात महीने का समय लगा था। जैसे केदारनाथ सिंह की कविताएँ। मैं उसे केदारनाथ सिंह की प्रेम कविताएँ पढ़ाना चाहता था। किताब देने में एक ख़तरा यह था कि वापसी की उम्मीद क्षीण हो जाती। जब मैं उसे फ्लिपकार्ट से किताब मँगाने की सलाह दे रहा था तब उसने एहसान के खेल का दहला चलते हुए मुझे अपना क्रेडिट कार्ड थमा दिया, यह कहते हुए कि मैं भी अपनी पसन्द की दो-चार किताबें मँगा सकता हूँ। वरना यही प्रदीप है जो किताबें ख़रीदने

को ऐय्याशी समझता था। जो भी हो, केदारजी की एक कविता 'जाना' को उसने गुनगुनाने की हद तक याद कर लिया था और एक दिन मैंने देखा कि 'आना' कविता का प्रिंट आउट उसके टेबल पर पड़ा है।

दूसरी तरफ़, मेरी नौकरी का नया रूप उसी का बख़्शा हुआ था। मुझे एहसान का यह चुप्पा संस्करण खाये जा रहा था। कविता के जिस मोर्चे पर हम साथ हो रहे थे, वहाँ एहसान जैसी चीज़ें मायने नहीं रखतीं पर यह सोचना ही अजब था कि नौकरी में जो मेरा गुरु था, वह कविता पर, मेरे कवि होने पर एहसान कर रहा था।

महीने भर के भीतर मैंने यह तय कर लिया था कि मुझे यह नौकरी छोड़नी है। हमारे सम्बन्ध आत्मीय हो चले थे। मैं जानता था कि उसकी टीम में मैं सबसे कमज़ोर हूँ। वह अपनी टीम में बन्दों को बहुत ठोक-बजा कर शामिल करता था। आत्मीयता यह थी कि हमारे बीच संवाद कम हो चले थे। दफ़्तर से जुड़ी अधिकतम बातें मेल पर हो जाती थीं। मेरे काम में कोई कमी हो जाने पर मुझे बुलाता तक न था। उसे ठीक करता और वह फ़ाइल मुझे दुबारा भेज देता। ग़लतियों को सही कर उन जगहों के अक्षर वह मोटे टाइप में कर देता। फिर कभी इसका जिक्र तक न करता।

नयी नौकरी ढूँढ़ लेने के बाद जिस दिन मैंने इस्तीफ़े की पेशकश की, उस दिन की बात है। स्मृतियों में बस जाय, ऐसी दोपहर हुई थी। वह मुझे लंच के लिए बाहर ले गया। उसने कहा था, ''इतनी भी क्या जल्दी है, जिस पद पर हो उसका कर्ज़ तो उतारते जाओ। तुम्हें मेरी जगह लेनी है। कम्पनी को तुम्हारी ज़रूरत है।'' फिर इस्तीफ़े की बात को दरकिनार कर कविता चर्चा पर चला आया। कहने लगा, ''तुम जो महसूस करते हो वही लिखते हो? आई मीन, तुम अजीबो-ग़रीब बातें लिखते हो।'' मैं समझ गया वह मेरी ताज़ा कविताएँ पढ़ आया है। ताज्जुब यह था कि अब कविता उसके जेहन में बैठ रही थी। कहने लगा, ''तुमने यह क्यों लिखा—आँखों में खुलता हुआ आसमान या फिर तितलियों का संग्रहालय या फिर ग़ुस्सैल चींटियाँ अपने आपको पानी पर धकेल रही हैं।''

मैं बस यह सोच रहा था कि क्या कविता इस क़दर संक्रमित करती है! जबाव देना ज़रूरी था। इसलिए नहीं कि प्रश्न मेरे बॉस के थे, बल्कि इसलिए कि कविता से जुड़े थे। मैने लम्बी साँस भरी और जानबूझ कर प्रेमिका का जिक्र खींच लाया, बताया, ''जी हाँ, यह मेरी महसूसियत है। इन दिनों मैं जिस साँवली स्त्री से प्रेम करना चाहता हूँ, उसकी आँखें वाक़ई इतनी बड़ी हैं कि मैं उन्हें एक निगाह में

पूरा देख नहीं पाता और उन्हें आसमान की तरह टुकड़ों में देखना होता है। मसलन उसकी काली पुतलियाँ आसमान में तैरती हुई मालूम पड़ती हैं।" पहले वाला प्रदीप रहा होता तो मेरी होने वाली प्रेमिका को लेकर कुछ मज़ाक ज़रूर करता। प्रेमिकाओं की उम्र उसका पहला सवाल हुआ करता था। पर आज उसके प्रश्न प्रशिक्षु कवि की तरह थे, "...और तितलियों का संग्रहालय?"

मुस्कराने की बारी मेरी थी। मुझे अपना इस्तीफ़ा स्वीकृत होता दिख रहा था, फिर भी मैंने बताया, "जी, उस स्त्री के होठ बेहद छोटे हैं और वह जानती है कि उस पर मेरा अनुराग है..." उसने बीच में रोका, टोका, "अनुराग मतलब? प्रेम?" मैंने समझाइश की मुद्रा में पसरते हुए बताया—"उससे प्रेम है। इसलिए वह मुझे देखकर अपनी सारी मुस्कराहट बाँध लेती है। मुझे बाज दफ़ा लगता है कि उसके होठ तितलियों के संग्रहालय हैं। जिस दिन वह मुस्कराई, अबूझ रंगों की तमाम तितलियाँ मेरे इर्द-गिर्द फैल जाएँगी।"

"अरे वाह! इतना सोच लेते हो! मैं तो होठ को सिर्फ़ होठ ही सोच पाता हूँ!" यह मेरी तारीफ़ थी पर इसके आगे प्रदीप ने मुझे चौंकाया, "मान लो लोग उस स्त्री को तुम्हारी कविता पढ़ कर राह चलते लोग पहचानने लगें? मैं शायद अपना प्रश्न बाँध नहीं पा रहा। मान लो, तुम्हारी कविता से मुहावरे निकाल कर लोग उस स्त्री पर पत्थर की तरह चलाने लगें? या उस स्त्री को यह पसन्द न हो कि उस पर कविता लिखी जाय?" इतने सारे सवाल पूछ कर उसने अपना हाथ 'टैब' की तरफ़ बढ़ाया।

इस उम्मीद का कोई मतलब नहीं था पर मुझे लगा, क्या पता वह टैब पर मेरा इस्तीफ़ा मंजूर कर रहा हो। मैं ऐसा जबाव देना चाहता था, जिससे प्रदीप चिढ़ जाय और मेरा इस्तीफ़ा जल्द-से-जल्द मंजूर कर ले। हाँ कवि यह ज़रूर कह रहा था, जवाब कविता की शर्तों पर होने चाहिए, जीवन के नहीं।

हम दोनों ही मौन धारण कर चुके थे। बीच-बीच में एक दूसरे को देख लेते थे। भोजन के बाद प्रदीप ने मात्र दो या तीन शब्दों का इस्तेमाल करते हुए, मुझसे पूछे बिना, मेरे मौन का सम्मान करते हुए, डेज़र्ट्स में अपने लिए गुलाब जामुन और मेरे लिए 'नेचुरल्स' का स्ट्राबेरी फ्लेवर का आइस्क्रीम मँगाया। मुझे जो भी जवाब देना था मैंने चुप्पी के भीतर ही दिया। बिल उसे ही अदा करना था। रेस्तराँ से निकलते हुए हम दोनों ही फोन पर ज़रूरी कॉल्स में लगे हुए थे वरना इशारे की बजाय कुछ कह सुनकर विदा लेते। मैं तो इतने ज़रूरी फोन पर था कि यह भी नहीं पूछ पाया, "मेरे इस्तीफ़े का क्या हुआ?"

मुहर

रोली के ज़िद्दी और अकड़ू होने की ख़बर आजकल जैसे सबको हो गयी है। अभी-अभी पारिजात सर ने भी ज़िद्दीपने के ख़ातिर उसे डाँट लगाई है।

रोली की नौकरी छूटे तीन महीने हो रहे हैं। नौकरी की तलाश में मित्रों की मदद उसे 'अच्छी' नहीं लगती। यह भी सच है कि सीधे रास्ते सारे बन्द हैं। उसके मित्र समझदार हैं। किसी जगह उसके रोज़गार की बात चलाने से पूर्व रोली की सहमति लेने का काम सलीके से करते हैं। इस तरह कि कहीं रोली को 'फील' न हो जाये!

भोपाल के इस दफ़्तर में रोली के लिए नौकरी की बात पारिजात सर ने चला रखी है। इस दफ़्तर में उनका मित्र मुकुन्द पांडेय बड़ी पदवी पर है और सक्षम है। मुकुन्द पांडेय, पारिजात का सहपाठी रहा है और दो वर्षों के पाठ्यक्रम के दौरान पारिजात ने मुकुन्द से कभी जो बातचीत की हो। पर समय-समय की बात। तुक्के और अपनी बीवी की मदद से मुकुन्द ने दफ़्तर की दुनिया में अच्छा स्थान बना लिया है। वैसे, इस दफ़्तर में रोली की नौकरी की बात चलाने से पहले पारिजात ने दो बार सोचा था। या शायद तीन बार।

नौकरी पारिजात की भी नहीं है, पर उन्होंने छोड़ रखी है। यह उनका तरीका है। छः महीने की नौकरी करते हैं, धुआँधार काम करते हैं, इतना शानदार कि चाहकर भी बॉस डाँट नहीं पाता... फिर नौकरी छोड़ देते हैं। दुनिया घूमा, कुछ किताबें पढ़ीं, कुछ लेख लिखे और फिर छः महीने के लिए नौकरी कर लेते हैं। इस अख़बार की छवि उनके मन में अच्छी है, इसलिए चाहते हैं कि रोली यहीं काम करे।

भोपाल तक का रेल टिकट लेने के लिए रोली कतार में थी और मुम्बई के अपने मित्र से बात कर रही थी। आकाश था। यहाँ टिकट कतार से कम ही मिल रहे थे। ऐसे में बुकिंग क्लर्क पर उपजी झल्लाहट रोली ने आकाश पर उतार दी। थोड़ी बेरुख़ी से कहा, "अभी फोन रखो, बाद में बात होती है।" इसी बात पर उस मित्र ने कहा था, रोली, तुम 'एरोगेंट' हो गयी हो।

उसी शाम की बात है, पारिजात सर का फोन था। रोली उन्हें अपने भोपाल के टिकट हो जाने की बात बता रही थी। सर ने पूछा, "टिकट कन्फर्म तो नहीं

होगा?'' उनके सवाल में तंज था। रोली ने कहा, ''बिल्कुल सही, कन्फर्म नहीं है।'' सर डाँटने लगे। उनका कहना वाजिब था। जाना, जब दो दिन पहले ही तय हो चुका था तो टिकट भी पहले ले लेना था। आलसी नम्बर एक से नम्बर दस तक, सारा यही जो ठहरीं। और तो और, रोली मैडम, सर की डाँट का बुरा भी मान गयीं। कह दिया, ''अब मैं भोपाल नहीं आ रही हूँ।'' सर ने दुनिया की सारी उपेक्षा बटोर कर कहा, ''महारानी, ऐसी अकड़ नहीं चलेगी। समझी।''

जब वह अपने लिए चाय बना रही थी तो पाया कि चीनी नहीं है और साथ ही उसे सुबह की वह समय याद आया जब आकाश ने उसे एरोगेंट कहा था। रोली को यह छोटे-मोटे आविष्कार की तरह लगा। शाम को पारिजात सर ने भी उसे अकड़ू कहा था। शाम की यह याद आते ही वह चाय लेकर हॉस्टल की छत पर चली आई।

उसे हँसी और एक पुरानी याद साथ साथ आई। पत्रकारिता की पढ़ाई के आख़िरी साल की बात है, जब एक दिन उसने 'एवरीथिंग इज़ एल्यूमिनेटेड' के बारे में सुना। अंकित था या कोई और जो इस फ़िल्म की तारीफ़ में कई सारे पुल बाँधे जा रहा था। इत्तिफ़ाक़न रोली ने अगले ही दिन किसी पत्रिका में इस फ़िल्म का जिक्र देखा। उसे यह संयोग अच्छा लगा। दोनों घटनाएँ अगर दिनों के अन्तराल पर घटतीं तब वह शायद इस फ़िल्म का ध्यान नहीं धर पाती। पर अनोखी बात तो इसके भी बाद घटी।

उसी दोपहर कैसेट्स की किसी अचर्चित दुकान में टहलते हुए रोली को इस फ़िल्म की सी.डी. मिल गयी। उसे ख़ूब आश्चर्य हुआ। उसे लगा हो न हो सारे समीकरण ऐसे बन रहे हैं जिससे रोली को यह फ़िल्म दिखाई जा सके। उसने वह फ़िल्म ख़रीद ली वरना वह सी.डी. ख़रीदकर सिनेमा देखने वालों में से नहीं है।

रोली ने उस फ़िल्म को याद किया और उस घटना की इस बेअन्दाज़ पुनरावृत्ति को भी। उसके चेहरे पर इस ख़्याल की कसैली मुस्कराहट फैल गयी कि आज कहीं कोई तीसरा न मिल जाये जो उसके ज़िद्दी और अकड़ू होने की बात बताने लगे।

जिस दिन वह भोपाल पहुँची उससे पाँच दिन पूर्व से ही पारिजात सर अपना डेरा-डंडा भोपाल में जमाये हुए थे। सर रोली से दो साल सीनियर हैं पर उनका ज्ञान तगड़ा है, जिसे वे गाहे ब-गाहे बघारते भी ख़ूब रहते हैं। रोली को बहुत मानते हैं। चाहते हैं दुनिया की सारी समझ, सारा ज्ञान, सारा कुछ रोली के पास रहे। रोली, भले ही, ऐसा नहीं चाहती हो। दोनों के झगड़े मशहूर हैं।

कल साक्षात्कार है।

जब से वह आई है, पारिजात सर उसे कुछ न कुछ समझाये जा रहे हैं। पहला घंटा शेयर बाज़ार के बारे में धाराप्रवाह बताते हुए बिताया। अभी अर्थशास्त्रीय सूत्र समझा रहे हैं। पर रोली यह सब सुनना नहीं चाहती है। उसे बार-बार समझाये जाने की कोशिश भली नहीं लग रही है। जैसे वह बहुत बड़ी हो गयी है या जैसे कोई उसे याद दिला रहा है कि वह बेरोज़गार है। समझाइशों के बीच एक बार वह टोकती भी है, इससे पहले मुझे नौकरी नहीं मिली है क्या?

साक्षात्कार के लिए जाते हुए उसने पीपल के गिरे हुए पत्तों के रंग का सूट पहन रखा था। रास्ते भर, जैसा कि आप सब अवगत हो चुके होंगे, सर रोली को समझाते रहे। दफ़्तर के बाहर ही मुकुन्द से मिलना तय हुआ था। वे मिले और मिलते ही पारिजात सर से शेयर बाज़ार के उतार-चढ़ाव की बात शुरू कर दी। पारिजात बात ज़रूर कर रहे थे पर साथ के साथ यह भी सोच रहे थे कि कहीं रोली के साक्षात्कार में विलम्ब न हो जाये। उनका यह सोचना साफ़ दिख रहा था जिसे देख रोली मन ही मन हँस रही थी।

साक्षात्कार के वक़्त एच.आर. (मानव संसाधन) की टीम के साथ मुकुन्द पांडेय भी बैठे रहे। औपचारिक सवाल पूछे जा रहे थे जिनके औपचारिक ही जबाव रोली दे रही थी। एच.आर. के बन्दे सवाल पूछ कर एक बार मुकुन्द की तरफ़ देख लेते थे; कहीं सवाल वजनी तो नहीं हो गया? बीच-बीच में मुकुन्द अपने संघर्षों की कहानी, अपनी ही ज़बानी शुरू कर दे रहे थे। वे सीनियर थे, इस नाते सब उन्हें सुन भी रहे थे, कि कैसे बचपन में पचास मीटर पैदल चल कर विद्यालय जाया करते थे, कि बचपन में उन्हें विद्यालय की फीस जमा करने में उन्हें कितनी मुश्किल आती थी; इसलिए नहीं कि उनके पास पैसे नहीं होते थे, बल्कि इसलिए कि उन्हें फीस जमा करने के लिए लम्बी कतार में खड़ा होना पड़ता था।

वे सीनियर थे, इसलिए आते-आते प्रवचन पर उतर आये। यह सब बताने लगे कि दुनिया माया है, सब मिथ्या है... और कहते-कहते तैश खा गये। कहना शुरू किया, लोगों को अहंकार नहीं पालना चाहिए। जब मैं कॉलेज में था तब कुछ लोग मुझसे बात करना भी गवारा नहीं करते थे। वे मुझे देखकर रास्ता बदल लेते थे। उन्हें लगता था कि कॉलेज से निकलते ही किसी अख़बार के सम्पादक की कुर्सी पर जा बैठेंगे... और इतना सब कह कर मुकुन्द ने रोली की तरफ देखा। रोली ने बड़े ग़ौर से देखा, मुकुन्द उसकी तरफ़ देख रहे हैं। एच.आर. के सदस्यों ने देखा, मुकुन्द अभ्यर्थी की ओर देख रहे हैं और यह जो अभ्यर्थी है, वह भी कम नहीं है जो मुकुन्द की तरफ़ देखे जा रही है।

रोली को देखने के बाद भी मुकुन्द ने अपनी बात जारी रखी। कहते रहे, ये

जो महान पढ़ाकू लोग थे और जो हमें किसी लायक नहीं समझते थे, आज ख़ुद सड़क पर हैं। इनका सारा ज्ञान जाने कहाँ खो गया कि आजकल बेकार–बेरोज़गार घूम रहे हैं।

रोली ने दूर की सोची और पाया कि वह जब तक यहाँ रहेगी यह पाजी पंडित ऐसी ही बातें करता रहेगा। रोली समझ रही थी कि मुकुन्द यह सब किसके बारे में कह रहे हैं। यह सारी ग़लतियाँ पारिजात सर में है। वे अपने कॉलेज में शायद ही किसी से मेलजोल रखते हों। ख़ुद उससे भी वे केवल पत्रकारिता सम्बन्धित बातें ही करते हैं। दरअसल पारिजात सर अपने आपमें इतना गुम रहते हैं कि उन्हें पत्रकारिता के अलावा किसी भी दुनियादारी से कोई मतलब नहीं रहता है। अपने बैच में सबसे पहली नौकरी उन्होंने ही पाई थी। सर्वाधिक इंक्रीमेंट्स भी उन्हीं के लगे। ये ज़रूर है कि आज उनके पास नौकरी नहीं है पर उन्होंने नौकरी छोड़ रखी है, उन्हें निकाला नहीं गया है।

इतना लम्बा सोचते न सोचते रोली की साँस फूल गयी। पारिजात सर के बारे में आजतक उसने इतनी अच्छी बातें एक साथ कभी नहीं सोची होगी। इसी ख़ातिर उसने मुकुन्द पांडेय से कहा, "पारिजात सर जब चाहें उन्हें नौकरी मिल जाये। कितने अख़बार वाले जो उनके काम को जानते हैं, उन्हें बुला रहे हैं।"

मुकुन्द पांडेय झटका खा गये। किसी से कुछ भी सुनने की उनकी आदत छूट गयी। फिर भी खीसे या दाँत जैसा कुछ निपोरते हुए कहा, "मैं पारिजात जी की बात नहीं कर रहा हूँ। यह तो एक आम चलन होता जा रहा है।" एच.आर. के सदस्यों की समझ में ज़्यादातर बातें नहीं आ रही थीं कि यहाँ क्या चल रहा है और यह भी कि यह, पारिजात, आख़िर है कौन?

कुछ देर ठहर कर रोली को सुनाते हुए मुकुन्द ने एच.आर. हेड से पूछा, "अब?" एच.आर. हेड ने कहा, "ज़रूरी काग़ज़ात इन्हें मेल द्वारा भेज दिया जायेगा।"

उसने मुस्कराते हुए रोली को बधाई दी और यह इस अख़बार को नियमित तौर पर देखने की सलाह भी दी ताकि जब काम पर रोली आने लगे तो इस अख़बार की नीतियों को समझने पर ज़्यादा समय न खर्च हो। ठीक इसी बिन्दु पर मुकुन्द ने रोली का ध्यान अपनी तरफ़ खींचा। कहा, "पारिजात जी से कहियेगा, शाम को मिल लें।"

अख़बार के दफ़्तर से निकलते ही रोली ने पारिजात सर को फोन कर दिया।

रोली उस पूरे दिन भोपाल घूमती रही। एक छोटे से दिन में जहाँ जा सकती थी,

गयी। जहाँ नहीं जा सकती थी, जैसे भीमबैठका, वहाँ मन ही मन गयी। भीमबैठका पर जो कछुए के आकार वाला पत्थर था, उस पर मन ही मन बैठी रही। भोपाल ने उसकी स्मृतियों का अच्छा-ख़ासा हिस्सा छेंक रखा है।

शाम को पारिजात सर मिले। मिलते ही डाँटना शुरू कर दिया। कहने लगे, "मुकुन्द कह रहा था कि मन्दी के कारण नयी नियुक्तियाँ पाँच-छः महीने के लिए टाल दी गयी हैं। वह झूठ बोल रहा था। पर हँसते हुए ही उसने एक बात कही कि रोली थोड़ी 'एरोगेंट' है...बताओ, मुकुन्द की हरेक बात का जबाव देना ज़रूरी था?"

पारिजात रोली को पिछले कुछ दिनों की हर वह घटना याद दिलाते रहे जिससे साबित होता था कि रोली ज़िद्दी और अकड़ू है।

इधर रोली को पहले तो बेहद तक़लीफ़ हुई पर अपनी तक़लीफ़ को उसने ग़ुस्से में बदलने में दिया, सोचती रही—दो दिन पहले भी तो यही मन्दी रही होगी जब उसे साक्षात्कार के लिए बुलाया गया। एक बार को ही, पर रोली को यह ख़्याल आया कि पारिजात सर को बता दे, मुकुन्द की कौन-सी बात पर उसने 'जवाब' दिया था। पर नहीं बताया, क्योंकि उसी वक़्त हबीबगंज स्टेशन से एक रेल खुली थी। रोली उसके डब्बे गिनने लगी थी। उसने ग़ौर किया तो पाया कि इधर कुछ रेलगाड़ियों के डब्बे हरे रंग के भी होने लगे हैं।

नीम का पौधा

रोली को तल्लीन होकर भोजन करना पसन्द है। जो कुछ उसे नापसन्द है, उनमें से एक है—दोपहर के भोजन के समय ऑफ़िस कैंटीन में जमा हुए सेल्समैन, एन.जी.ओ. के प्रचारक, घर बेचने वाले, खाता खुलवाने वाले एजेंट और इस नौवीं प्रजाति के अन्य जन्तु। वह दाल-चावल पर भिड़ी होती है जब कोई आकर एकसार मीठी अँग्रेज़ी में कहता है—मैडम, अगर आपके पास दो मिनट का समय हो...मैं इस कम्पनी से आया हूँ। रोली के खाने का सारा मज़ा किरकिरा हो जाता है। कभी उन्हें सुन लेती है, कभी थाली छोड़ उठ जाती है, कभी डाँटकर भगा देती है और फिर अफ़सोस करती है कि वह भी किसी की नौकरी ही बजा रहे हैं, दो मिनट सुन लेने में क्या हर्ज था! पर रोली के खाने का ऐसा है कि खाने के जितने कौर वह तोड़ती है, उतना ही वह ख़ुद के स्वस्थ से स्वस्थतर होते चले जाने पर चिन्तित भी होती रहती है।

आज कैंटीन में पैर रखते ही हरे रंग की एक जैसी टी-शर्ट डाले कुछ लोग दिखे। उनमें से एक मुखियानुमा गंजा कैंटीन हॉल को सम्बोधित था। ये लोग ग्रीन वर्ल्ड नाम का बैनर और बोर्ड लगाये घूम रहे थे। जब रोली ने चावल-दाल का ऑर्डर लगाया तब वह मुखिया, हरियाली पहचानने के बारे में बता रहा था—जिन साथियों ने इस जीवन में पेड़ नहीं देखे उनसे अनुरोध है, कृपया अपने हाथ खड़े करें। इसमें शरमाने जैसा कुछ भी नहीं। अभी आपकी उम्र भी क्या ठहरी? (कुछ हाथ उठते हुए देख) वेरी गुड। आज मैं आपको पेड़-पौधे पहचानने की ख़ूब सारे तरीक़े बताऊँगा।

रोली 'हुँह' वाले अपने ही अनोखे अन्दाज़ में मुस्काई। अभी पिछली दो अगस्त को जब वह घर से आ रही थी तो रेलगाड़ी के बाहर उसने अनगिन पेड़ देखे थे। आदमी से भी बड़े पेड़। कैक्टस का एक ख़ूबसूरत गमला तो उसके हॉस्टल के बाहर ही है। और रोली की स्मृतियाँ? बाप रे! उनकी तो पूछो ही मत। वह तो हरियाली की याद से भरी पड़ी हैं।

रोली की गोरखपुरिया आँखों के इलाज के समय की बात है, नौकरी का पहला पहला साल था, जब डॉक्टर ने सुबह और शाम का कुछ वक़्त हरियाली में

बिताने की सलाह दी। दिल्ली में पेड़ की तलाश की पहली ही सुबह उसकी बस छूट गयी थी। रात के नौ बजे ऑफ़िस से लौट कर हरा देखो या लाल, सब धान बाइस पसेरी। आँखों की बीमारी के साथ किसी की सलाह मानने और अमल करने की भी बीमारी उसे है।

अगली सुबह वह सीधी कमर किये बिस्तर पर बैठी, आँखें बन्द किया, और ख़ुद को अपनी स्मृतियों में ले गयी। हद से हद उसने तीन-साढ़े तीन मिनट ऐसा किया और गाँव का सारा बागीचा देख डाला। वह झूला भी, जो उसके बैठते ही टूट गया था, जबकि वह महज़ से महज़ सात साल की थी। हरे खेत। पिताजी की हरी कमीज़। कौन मानेगा, इतनी नयी लड़की की याद्दाश्त में पीपल और महुआ के पेड़ भी थे। जब उसने आँखें खोलीं तो दर्द कुछ हल्का लगा। हफ़्ते दिनों के इस रियाज ने उसे काफी फ़ायदा पहुँचा दिया था।

अपनी तन्द्रा से वह तब जागी जब ग्रीन वर्ल्ड के सदस्य ने उसके टेबल पर नीम का एक बेहद नाज़ुक पौधा रखा। उसने कहा, ''मैम, आज हरियाली दिवस है।'' हरेक आदमी एक पौधा लगाये, ये हमारा लक्ष्य है। आप भी। प्लीज़। वह पलट गया, अपने यही डायलॉग किसी और के सामने दुहराने। रोली को हँसी आई और आश्चर्य हुआ। उसने पौधे को देखा—दस या बारह बहुत कोमल, हरी और तनिक पीली पत्तियाँ, तना एक डंठल जिसका कोई दातुन भी बनाना चाहे तो न बना पाये, उजली पॉलीथिन में बन्द मिट्टी। पौधे को लेकर अपने डेस्क पर आ गयी।

काम करते हुए ही उस पौधे को देख ले रही थी और लगातार सोच-विचार रही थी। क्या करूँगी मैं इसका? दफ़्तर में काम अधिक और समय सीमित होता है, फिर भी कुछ अच्छे और एक बुरे दोस्त को फोन लगाकर बताया—जानते/जानती हो, मुझे ऑफ़िस से नीम का एक पौधा मिला है। सबने अपने अपने स्वार्थ के हिसाब से जवाब दिये। उसे ज़रूर लगा देना। ...पौधा लगाना इंसानियत है। ...क्या यार! तू भी किन-किन लफड़ों में पड़ जाती है? फेंक उसे डस्टबिन में।

उसके सबसे बुरे दोस्त को आजकल लगने लगा था कि उनके बीच शानदार घनिष्ठता की लौ बुझ चुकी है और रोली बेहद सलीके से उससे दूर हो रही है। ऐसे में बुरा दोस्त रोली को किसी भी क़ीमत पर ख़ुश रखना चाहता है—सम्बन्धों में पहले वाली मिठास के लिए नहीं, वह तो अब रोली कभी होने नहीं देगी, बल्कि इसलिए कि एक दिन अचानक जब उनके बीच आगे से कुछ न हो तब भी बुरे लड़के को रोली की ख़ुशी याद रहे। उस दोस्त ने कहा, ''ज़रूर लगाओ। और अगर न लगा सको तो मुझे बताओ मैं उस पौधे को अपने साथ रख लेता हूँ और जहाँ भी उसे लगाऊँ उसे रोली उद्यान का नाम दिया दूँगा।'' रोली को ऐसी बातों से कोफ्त है। कहा, ''बकवास बन्द करो और मुझसे बात मत करो। समझे।''

ऑफ़िस से निकलते हुए उसने पौधे को दोनों हाथ से उठाये बस तक आई। दिन में उसे ज़रूर इस आशय के ख़्याल आये कि लोग क्या कहेंगे! दूसरे लोगों के पास भी पौधे हैं। पर रोली को वे लीग परेशान नहीं लग रहे हैं। रोली सोचती है कि कितना अच्छा हो कि मैं भी उन्हें परेशान न लगूँ!

दफ़्तर की बस में उसके लिए खिड़की की जगह तय है। आज उसने अपने बगल में नीम के नन्हे पौधे को इस सलीके से रखा जैसे वह नीम राजा पूरी दिल्ली देखते हुए घर पहुँचेंगे। रोली सोचती है, इन्हें कोई नाम दे। ख़ुद में ही इंकार करती है। फिर नाम देना दो दिन के लिए मुल्तवी करती है। जब बस दिल्ली–नोएडा की सीमा पर पहुँची, जहाँ उसके मोबाइल का नेटवर्क चला गया, तब उसकी सबसे बडी मुश्किल दरपेश हुई। ज़मीन। ज़मीन कहाँ है? एक या दो पल का वक़्फ़ा था जब वह इस ख़ुदमुख़्तार सवाल पर बेतरह परेशान हो गयी। उसे कोई एक ऐसी जगह नहीं याद आई जहाँ नीम का वह पौधा रोपा जाये।

बुरे दोस्त को फोन किया। "इसे लगाऊँगी कहाँ?"

"मैंने तो कहा था कि अगर तुम्हे कोई परेशानी हो तो बोल दो, मैं आकर ले जाता हूँ।"

"मैं मज़ाक नहीं कर रही, गौरव।"

"तुम्हीं बताओ फिर?"

"गमला कैसा रहेगा? सारे सहकर्मी भी गमले में ही लगाने की बात कर रहे थे।"

"पर ये तो पौधे को धोखा देना होगा, फिर तुम्हें इसे लेना ही नहीं चाहिए था, साल भीतर उस गमले की मिट्टी और जगह नीम के लिए नाकाफी होगी और वह सूख जाएगा, तुम्हारे हॉस्टल के बाहर जो जगह है, वह?"

"वह! तुम कैसी बात कर रहे हो, जंगली सब उसे वहाँ रहने देंगे? ...वैसे भी वहाँ केवल रेत ही रेत है।"

"अरे हाँ, वह जहाँ तुम कूड़ा डालती हो... ?"

रोली बिफर गयी। "कैसी बात करते हो? कूड़े के पास लगाऊँ ताकि उसे दो ही दिन में अपने कचड़े से लोग ढँक दे? तुम फोन रखो जी, तुमसे तो बात ही करना बेकार है।"

वह कहता रहा, "अरे मैं तो जगह ढूँढ़ने में तुम्हारी मदद ही कर रहा था।"

पूरे रास्ते वह शिद्दत से चाहती रही, जब मैं हॉस्टल पहुँचूँ तब तक थाले भर की ज़मीन मिल जाये। जब बस दिल्ली की भीड़ में फँसी थी तब उसने तय किया कि ये पौधा वह लगायेगी और वह भी बेहतरीन ढंग से। अपने बस स्टॉप से कमरे तक पहुँचते हुए वह रास्ते के आस-पास की तमाम ज़मीन देखती-निरखती गयी। गमलों का कोई बाज़ार लगा हो, जिनमें तुलसी और गुलाब उगाये जा सकते हैं, ऐसा दिख रहा था।

कमरे पर वापसी के बाद एक नियत समय फोन पर गुज़रता है। आज जिस किसी से बात हुई, कैसे न कैसे रोली से इस नीम के पौधे का जिक्र हो ही जा रहा था। देर रात जब वह खा-पी के सोने जा रही थी तो जैसे उसे एक सपना आया, वह अपने हाथों को धीरे-धीरे ऊपर खींच रही है और वह पौधा भी उसी रफ़्तार से बढ़ रहा है। ये सपना देख ही रही थी और ये भी नहीं अन्दाज़ा लगा पाई थी, पौधा कितना बढ़ चुका है कि उसे नींद आ गयी। निहायत भोर में जाग खुली। दफ़्तर के लिए देर हो जायेगी, यह ख़तरा मोल लेकर वह नज़दीक के पार्क तक गयी। सुबह की भीड़ थी। पार्क में तमाम विदेशी नाम वाले, औसत से भी छोटे आकार वाले पेड़ थे, जो हद से हद अपने गन्धहीन फूलों के लिए जाने जाते हैं। बेहद करीने से सबकुछ सजा था। जैसे सही के पेड़ पौधे न होकर किसी चित्रकार का चित्र हो—इतना सुन्दर चित्र जो बिल्कुल सच्चा लगे, प्राकृतिक दिखता हुआ।

पार्क में जगह ख़ूब थी।

माली से मिली। उसने अपना परिचय 'माली' नहीं बताया। बताया—पार्क इंचार्ज। रोली ने बिना किसी भाव-भूमिका के पूर्वी कोने वाली जगह की ओर इशारा किया, "उस जगह पर मैं इस नीम के पौधे को लगा रही हूँ। खुर्पी है? रोली को इसका ज़रा भी भान नहीं था, जो हुआ।"

पार्क इंचार्ज—"इस पार्क में पौधे इस तरह नहीं लगते। उनका नियम है।"

"नियम मतलब?"

"नियम मतलब नियम, कायदा, कानून। हर साल पार्क के लिए पौधों की ख़रीद बड़ी संख्या में होती है। एक कमिटी है जिसे पता है, इस शहर के लोगों के स्वास्थ्य के लिए कैसे पौधे लगाये जाने हैं और कौन-सी नर्सरी से उन्हें ख़रीदा जाना है।"

रोली का रंग बदलने लगा—"पर ये तो नीम का पौधा है।"

पार्क इंचार्ज—"बिल्कुल। ये नीम ही है। आप इसे अगली जुलाई में लेकर आइएगा, अगर जुलाई में बरसात हो रही होगी, तो। मैं कमिटी से आग्रह करूँगा।"

गुस्से के मारे रोली के दाँत बजने लगे थे, कहा, "तुम्हें ज़रा भी समझ में आ रहा है, तुम क्या कह रहे हो? बुड्ढे, बदमाश!" फनफनाते हुए उसने पौधे को

पत्तियों से पकड़ कर उठाया और पार्क से बाहर निकल आई। बाहर आकर दो-चार लम्बी साँसें भरी, समय देखा और पाया कि देर हो सकती है। अगले दो-चार पल अपने इस सवाल पर खर्च किये; इस बुड्ढे के बुढापे पर ग़ुस्सा करते रहना ठीक रहेगा या इसकी लाचारी पर अफ़सोस जाहिर करके छोड़ दे?

दफ़्तर के लिए तैयार हुई। जाते-जाते उसने पौधे के थाले में दो बार धार छोड़कर पानी दिया। आधा पौना ग्लास पानी। उसे ऐसा लग रहा था कि कल से आज में पौधा कुछ पीला पड़ गया है। बालकनी में ऐसी जगह पौधे को रखा जहाँ सूर्य अपनी तेज़ धूप के साथ सबसे ज़्यादा समय तक ठहरते हों। वहीं एक जग पानी भी रख छोड़ा। हॉस्टल की ढेरों लड़कियों को बुलाया और कहा—इसे दिन में दो बार पानी देना। बिल्कुल हल्की धार से। देखना, पौधे का थाला टूटने न पाये। फिर तो मैं शाम तक आ ही जाऊँगी। लड़कियों में से किसी ने सवाल ठोंका—यही तुम्हारा नया ब्वायफ्रेंड है क्या? इसके जबाव में रोली ने हँसते हुए कहा—शाम तक अगर एक भी पत्ती टूटी, तब बताती हूँ।

हॉस्टल की लड़कियों पर भरोसा करने वाले वाक़ये से रोली को पता चला कि वह ख़ुद भी आख़िर चाहती क्या है? वह चाहती थी—ज़मीन भरोसे लायक हो। ख़ुद तथा कुछ भरोसेमन्द लोगों की निगरानी में तब तक हो जब तक ये इतना न बढ़ जाये कि दो-चार कुल्हाड़ियों के वार से कट न सके। मवेशी चर न जाएँ। बच्चे इसे सर से न तोड़ डालें। ग़ैरज़िम्मेंदार बड़े-बूढ़े सिर्फ़ किसी आनन्द के लिए इसे न तोड़े। इसका दातुन न बनाया जा सके।

इतना सबकुछ वह बड़े शौक़ से करना चाह रही थी। वरना सिर्फ़ पौधा तो पार्क के बाहर, बलुई ज़मीन और कूड़े के ढेर पर भी लगाया जा सकता है। लोगों ने गमले की सलाह भी दी; जिसमें नीम का पौधा रोपने के दूसरे या तीसरे साल काटना पड़ता है। एक बात यह भी कि पहले अगर इतनी ज़िम्मेंदारियाँ याद दिलाई गयी होतीं तो शायद वह पौधा लेने से इंकार कर देती।

पार्क इंचार्ज के इंकार के बाद भी उसे अच्छी जगह ज़मीन की उम्मीद थी। शाम को लौटकर उस सब्ज़ी वाले के पास गयी, जो सोने-चाँदी के भाव सब्ज़ियाँ बेचना पसन्द करता है और सप्ताह के हर रोज़ किसी फ़िल्मी सितारे की आवाज़ में पुकार लगाता है। सोमवार को दिलीप कुमार, मंगलवार को अमिताभ...। आज गुरुवार था और वह नाना पाटेकर के चीखने-चिल्लाने की महान नक़ल किये जा रहा था।

रोली यहीं से फल और सब्ज़ियाँ ले जाती है। सब्ज़ीवाला इसे बेहद सस्ती सब्ज़ी देता है। रोली को देखते ही कहता है—आइये मैडम जी। करेला, दुनिया के

लिए अस्सी रुपये किलो, आपके लिए मात्र बीस रुपये पाव। इतना कहने का अन्दाज़ भी वही, नाना पाटेकर का। अपनी मुश्किल रोली ऐसे भी बता सकती थी पर वह नीम के पौधे को किसी मुश्किल में और किसी लापरवाही में नहीं डालना चाहती थी, सो बेमन से आधा दर्जन केले ख़रीदे। फिर कहा, "कल्लू राम जी, मेरे पास नीम का एक पौधा है और ये आपके पीछे जो कूड़े का ढेर है, इस पर उसे लगा दूँ तो कैसा रहेगा? आपको उसे देखते रहना होगा।"

वह, नाना पाटेकर का नक़्क़ाल, शुरू हो गया, "किस पंडित ने कहा है? उसे सामने लाओ। अभी तुम्हारी उम्र क्या है, शादी की ऐसी जल्दी पड़ी है! मैं बताता हूँ, पेड़ लगाने से न आपका प्रोमोशन होगा और न ही शादी। रहा सवाल कूड़े का, तो आँखें खोलो मैडम, वह प्लास्टिक का ढेर है, नीम तो जाने दो वहाँ बेहया भी न उगे, कूड़ा बीनने वालों से उस नीम के बच्चे को मैं बचा लूँगा, आप अगर उसे यहाँ के जानवरों से बचा लें...।" उसके फ़िल्मी अन्दाज़ पर मजमा जैसा जमा हो गया था। रोली ने सौ रुपये के नोट बढाये, "अपने पैसे काट लो।"

लौटते हुए वह ख़ुद को कुछ ऐसे काम याद दिलाना चाहती थी जिसे आज के आज पूरा करना बेहद ज़रूरी हो। ऐसा कुछ भी याद नहीं आया। कमरे पर आकर फोन बन्द कर लेट गयी। वह चाह रही थी कि उसे बुखार हो जाये। वैसे सरदर्द भी कामचलाऊ बीमारी है। पर ऐसा कुछ भी नहीं हुआ।

अचानक उठी और बालकनी का बल्ब जलाया। नीम का पौधा डोल गया, जैसे रोली को देखकर बहुत ख़ुश हुआ हो। जैसे उसे लगा हो, रोली अभी उसे उठा लेगी। रोली ने बेहद धीमी आवाज़ में कहा—क्या करूँ मैं तुम्हारा? कहाँ रोपूँ मैं तुम्हें? समझदार होने के बाद वह कम मौक़ों पर ही उदास हुई होगी। आज थी।

बालकनी से उस नीम के पौधे ने और फिर रोली ने देखा, एक असली-सा दिखता बच्चा उतने ही असली माँ-बाप के साथ ख़ूब सुन्दर तस्वीर में चौराहे पर टँगा है। रोली ने इतने कम समय में ही मन के किसी गहरे कोने में तय कर लिया था कि छुट्टी लेगी और पौधे को लेकर गाँव जाएगी। घर फोन मिलाया। मम्मी से बात करने की इच्छा थी सो नहीं हो पाई। पापा और भइया से ज़रूर हुई।

भइया ने बताया, "इस बरस पाँच सौ पॉपलर के पेड़ और इतने ही यूकेलिप्टस के पेड़ मैंने अपने सारे खेतों की मेंड़ पर लगाये हैं।"

रोली को बात, न जाने कैसे, बनती हुई लगी, पूछा, "नीम क्यों नही लगाये?"

नीम, आम तमाम में बहुत समय लगता है, पचासों साल। पॉपलर पाँच साल में तैयार हो जाता है।

"पर उससे तो जलस्तर कम होता है न!"

"तो? अभी तक खाना नहीं खाया। ऑफ़िस से कितने बजे छूटती हो?

प्रकृति से पहले अपनी फिकर करो।''

पापा से आधी-अधूरी बात हुई। उन्होंने कहा, ''छोड़ना तो नहीं चाहिए पर अभी काम पर ध्यान देना ज़रूरी है इसलिए वहीं कहीं सड़क पर पौधे को छोड़ दो और भगवान से माफ़ी माँग लेना, किसी मन्दिर में दस पाँच-रुपये का कुछ प्रसाद चढ़ा देना।''

पापा और भइया से इस क़दर नाराज़ थी कि उन्हें माफ़ भी नहीं करना चाहती थी। बहुत देर तक पौधे के पास फ़र्श पर बैठी रही। उसके उन पत्तों को सहलाती रही जिन्हें पकड़कर सुबह तब उठा लिया था जब माली ने नाजायज़ बातें कही थीं। नीम के इस कोमल पौधे से यह लाग-लगाव उसे भी समझ में नहीं आ रहा था। वह उन निठल्ले समाजशास्त्रियों की तरह सोचना चाह रही थी, जो कुछ ऐसे कारण ढूँढ़ने का काम करते हैं जिनका सच से कोई लेना देना नहीं होता। जो मित्रता को एक ज़रूरत बताते हैं और उत्साह से रिश्ते निभाते चलने को भी मानव मन की चालबाज़ी समझते हैं।

वह ख़ुद कुछ ऐसे ही तर्क जमा करना चाहती थी, मसलन पौधे से जुड़ाव, अकेलेपन से उपजा है। इसी सोच-विचार में अपने मन को बेहद कठोर कर उसने पौधे से कहा—आप महाराज, रविवार तक इन्तिज़ार करो, मेरे हाथ से पानी पीते रहो, इस घर की धूप सेंकते रहो। रविवार को मैं आपका कुछ करती हूँ।

रविवार दूर न था।

रविवार आया। आम रविवारों से अलग। आज रोली उसी तत्परता से तैयार हुई और नाश्ता लिया जैसे वह दफ़्तर जाने के दिनों में करती है। पौधे की पत्तियों तथा डंठल को गीले सूती कपड़े से पोंछ कर तैयार कराया। आज ऑफ़िस की बस कहाँ थी जो पौधे महाशय को खिड़की वाली जगह मिलती। रोली ने नीम राजा को अपनी गोद में बैठा रखा था। वह नामुराद, पता नहीं जुदाई के 'ज' से भी परिचित था या नहीं, उचक-उचक के दिल्ली के नज़ारे लिये जा रहा था। जैसे किसी पाँच-छः वर्ष के बच्चे को उसके माँ-बाप हॉस्टल छोड़ने जा रहे हों और वह बच्चा आगामी बिछोह से अंजान, पूरे रास्ते मस्ती करते जाये।

नीम के पौधे के प्रति बिना किसी वितृष्णा या खीज के यह निर्णय लिया कि यहाँ से बस बदलते हुए सीधे यमुना जाएगी! आज का रविवार बीता तो फिर इस पौधे का भगवान ही मालिक है। नहीं, भगवान नहीं, पता नहीं कौन मालिक है!

चिलबिल धूप से रोली और पौधा, दोनों ही परेशान थे। दूसरे बस स्टॉप पर भीड़ थी कि कह रही थी—आज नहीं तो कभी नहीं। बसें आतीं, लोग चढ़ जाते

और रोली अगले बस का इन्तज़ार करने लगती। उसे ऐसी भीड़ में चलने का अच्छा-ख़ासा रियाज था पर आज पौधे के कारण ज़रा सतर्क थी। सवारियाँ आतीं और बस में चढ़ने के पहले पहले तक रोली को देखती। लोगों का देखना उसे इसलिए बुरा लग रहा था क्योंकि सारी सावधानी के बावजूद पौधा अपनी मिट्टी से हिला हुआ और पीला लग रहा था।

बयान के बाहर जैसी मुश्किल से रोली को बस मिली और उससे भी अधिक मुश्किल से मिली—एक पैर टिकाने की जगह। दूसरा पैर बस की हवा में टिका हुआ था। जब वह थक जाती तो किसी सहयात्री के पैर पर आहिस्ते से अपना पैर दो-तीन क्षण के लिए रख लेती और सहयात्री के मिनमिनाने से पहले ही पैर उठा लेती थी। पसीने और धूल-धुएँ से परेशान रोली एक हाथ से कोई सहारा थामें थी और दूसरे से पौधे को ख़ुद से लगाये हुए थी। पौधे को भी ऐसी भीड़ की आदत नहीं थी, वह डरा-सहमा मुर्झाया रोली के सीने से चिपका हुआ था। वैसे जैसे एक बार हॉस्टल की तक़लीफ़ झेल लौटा बच्चा दुबारा जा रहा हो। रोली को ग़ुस्से वाली हँसी आ रही थी। मन हो रहा था किसी को भरपूर डाँट लगाये।

यमुना के क़रीबी बस स्टॉप पर वह हादसा गुज़रा, जो न मालूम सही हुआ या ग़लत। रोली की सावधानी में कोई कमी नहीं थी, बस अनुमान ग़लत पड़ गया। जिस ऊँचाई से पौधे को उसने पूरे रास्ते थामें रखा था, वैसे ही वह नीचे उतर रही थी। जब किसी ने कुछ नहीं देखा तो यही कहेंगे कि कन्धे से टँगा बैग उतरती भीड़ के रेले में फँस गया। उसे खींचने के लिए वह पलटी ही थी कि पौधा गिर गया। रोली को लगा होगा चीखने से पौधा मिल जायेगा और उसने ऐसा ही किया। उसके शोर का ही प्रताप था कि कंडक्टर भी वहाँ आ गया। पर इतने समय में पौधा फ़र्श पर गिर कर फूट चुका था। उतरने-चढ़ने वालों के पैरों से कुचला हुआ पौधा किसी तरह वह उठा पाई। कोमल पत्तियाँ क्या इतनी कमज़ोर थीं जो पैरो के वजन तले सुड़क ली गयीं?

रोली की चीख से या पौधे की यह हालत देख बस की भीड़ भी उदास और ख़ामोश हो गयी थी। एक यात्री ने नीम के कुचले पौधे की टूटी गर्दन को सीधा करने की एक-दो कोशिशें कीं। कंडक्टर ने भी ड्राइवर से चलने को तभी कहा जब रोली बस से उतर गयी। उतरते हुए भी रोली ने टूटे पौधे को पकड़ रखा था। नदी का ढाल उतरते हुए उसने पौधे को नहीं देखा। पौधे से अनजान बालू और कीचड़ से भरे पानी के बीच कोई जगह चुनने में मशगूल होना चाहती थी।

ऐब भी करने का हुनर चाहिए

सितम्बर की तीखी मिर्च जैसी धूप सनी दोपहर थी। बस स्टैंड से अख़बार के दफ्तर पहुँचते न पहुँचते रोली का चेहरा झाँवा हो गया। लू इतनी तेज़ चल रही थी जैसे रोली के कन्धे से टँगा बैग छीनकर भाग जाना चाहती हो। अख़बार की ऊँची इमारत के साये में रोली ने अपने दम बराबर किये, बैग से पानी की बोतल निकाला, जिसका पानी गुनगुना हो चुका था, गला तर किया, बोतल के निचले हिस्से को आँखों से लगाया इस उम्मीद से कि कुछ ठंढक पहुँचेगी और लिफ्ट की ओर चली आई। पर मैडम रोली की गर्वीली मुद्रा यह कि उन्हें लगा : सूरज़ को इस घमंडी और उत्पाती गर्मी के लिए डाँट पड़नी चाहिये।

रिसेप्शनिस्ट ने अनसुनी अँग्रेज़ी में बताया, यहीं इन्तज़ार करें। कोई जवाब रोली के सुन्दर मुँह से फूटता कि उसके पहले ही उसका फ़ोन बॉब डेलन की आवाज़ में गाने लगा : ''डोंट थिंक ट्वाईस इट्स ऑल राईट...''। पापा का फ़ोन था। उन्हें बताया। लन्च के लिए बाहर निकली हूँ।

रोली के घर परिवार वाले वाकिफ नहीं हैं कि पिछले पाँच महीने से रोली बेरोजग़ार है। उनके लिए वह अब भी ऑफ़िस जाती है, आती है, हर महीने तनख़्वाह उठाती है। रोली ने उन्हें नहीं बताया है। वह किसी कविता या सिनेमा की नायिका नहीं जो किसी भी मुश्किल से बाहर निकल आएगी। इसलिए स्वयं को घर की मुश्किल से बचाती। रोली के हालिया स्थिति के मालूम होने भर की देर है और घर वाले वही पुरानी धुन बजाने लगेंगे : शादी कर लो, नौकरी में क्या रखा है, घर आ जाओ। पर रोली पिछले पाँच महीने से उन्हें यही बताती आयी है कि उसकी नौकरी चल रही है।

ज़रा ठहरकर वॉशरूम की ओर गयी, पानी के छींटे अपने चेहरे पर मारे और आईने में ख़ुद को यों देखा जैसे कोई दूसरा उसे देख रहा हो। वह 'दूसरा' उसके बाल देख रहा था जिसे रोली ने उँगलियों से सही किया। किसी तीसरे की निगाह उसकी आँखों पर ठहर सकती थी इसलिए अपनी दोनों हथेलियों को जोड़ एक कटोरा बनाया, उस अनोखे कटोरे में पानी भरा, इस कटोरे से पानी समय की तरह रिस रहा था और रोली कुछ कर नहीं पा रही थी यहाँ तक कि समय का पीछा भी

नहीं, इस ख़्याल पर रोली का मन डबडबा गया पर हथेली की कटोरी के पानी में एक-एक कर के दोनों आँखें डुबाये रखा, कुछ ठंडक पहुँची।

आख़िरकार आईने में ख़ुद को ख़ुद की निगाह से देखा। वह बनी-ठनी नहीं थी पर उससे कम भी नहीं थी। ज़रा मुस्कुरायी और अपने आत्मविश्वास को दोनों हाथों से सहेजा।

सम्पादक के पास वो एक नामवर कवि का सन्दर्भ लेकर आई थी। उसके एक दोस्त ने, जो कवि होना चाहता था पर अभिव्यक्ति के ख़तरे उठाने से डरता था, नामवर कवि का स्रोत बताया था। रोली उनसे कभी मिली नहीं थी पर जैसा कि उसके दोस्त प्रशिक्षु कवि ने बताया : कविवर ने कहा है कि अपनी मित्र से कह दो मेरा नाम बताकर सम्पादक से मिल लें। दोस्त कवि ने यह भी जोड़ा था कि कुछ पूछे जाने पर यही बताना है, तुम नामचीन कवि को सीधे तौर पर जानती हो।

क्या इलाही माजरा था कि सम्पादक ने पहला सवाल यही पूछा : तुम इस सुकवि को कैसे जानती हो? रोली के जवाब के पीछे कोई प्रतिबद्ध ईमानदारी या उच्चतर नैतिकताबोध का सबक़ नहीं था, एक सहजता थी, जो हर उस इंसान में होता है जो अपनी शर्तों पर बने रहने की कोशिश करता है . मेरा परिचय उनसे नहीं है। एक मित्र ने उनसे कहा था।

रोली के इस जवाब पर सम्पादक ने राहत की साँस ली। पत्रकारिता, सम्बन्ध बनाये रखने का ही नया नाम है, इस सूत्र को वे गाँठ की तरह पूजते थे। पूछा : पिछली नौकरी क्यों छोड़ दी आपने, रोली जी? और फिर रोली के बायोडाटा पर ज़र्फ़ निगाह डाली और ख़ुद में बोलते हुए कहा : हाँ रोली, यही नाम है ना आपका?

नाम में ऐसा बहुत कुछ रखा होता है जिसे बयान नहीं किया जा सकता। नौकरी के सवाल पर रोली ने 'रेडीमेड' जवाब दिया : मैं पत्रकारिता की मुख्यधारा से जुड़ना चाहती हूँ। सम्पादक ने सोचने की मुद्रा धरी, पूछा : और ये मुख्यधारा क्या होती है? पर उन्हें लगा कि अपने सवाल पर वे ख़ुद फँस जाएँगे इसलिए सवाल बदल दिया : तो आप आर्थिक समाचारों में रुचि रखती हैं? इसका विस्तृत जवाब रोली के बायोडाटा पर लिखा हुआ था, इसलिए रोली ने सिर्फ़ सर डुलाया और कमरे में इतना सन्नाटा था कि उसका सर डुलाना भी 'हाँ' की आवाज़ में बजता लगा था।

आगे की सारी गिटपिट हिन्दी अख़बार के उस सम्पादक ने अँग्रेज़ी में शुरू कर दी। रोली अँग्रेज़ी की जानकार है। व्याकरण पर उसकी रवानगी है। इनदिनों जब से उसका काम छूटा है, वह अँग्रेज़ी से हिन्दी के छिटपुट अनुवाद ही करती रही है पर बोलचाल की उसकी अँग्रेज़ी रवाँ-दवाँ नहीं थी। उसके बोले हुए वाक्य

टूट जाते थे और तुर्रा यह कि अँग्रेज़ी बोलना उसे ज़रूरी भी नहीं लगता था। जिन दफ़्तरों, कॉलेजों में अपना समय उसने बिताया था, वहाँ हिन्दी की बहार थी और अँग्रेज़ी बस एक भाषा के बतौर पढ़ी जाती थी।

सम्पादक ने बज़ाब्ता पूछा : सो, यू डोंट नो स्पोकेन इंग्लिश? रोली को ऐसे सवालात की उम्मीद नहीं थी। फिर भी उसने क्या ही खूब जवाब दिया : आई डू नो न्यू मदर टंग ऑफ माई नेशन, बट फॉर्चुनेटली ऑर अनफॉर्चुनेटली आई ऐम नॉट सो फ्लूएंट विद इट। इफ इट एट ऑल रिक्वायर्ड, आई कैन अपॉलॉजाईज फॉर दैट। रोली के वाक्य सुघड़ थे पर बात वही कि आवाज़ टूट रही थी, जो हिन्दी बोलते हुए अविरल रहती है।

इस हाज़िरजवाबी पर सम्पादक ज़रा मुस्कुराये। पत्रकारिता की दुनिया में वे रमे थे इसलिए अब उनकी समझ में आ रहा था कि इन मोहतरमा की नौकरियाँ क्यों जाती रही हैं? शिक्षा में विलम्ब की बात पर रोली ने बताया : गाँव से शहर आना सिर्फ़ निर्णय नहीं, चयन का भी मामला होता है। उसे पत्रकारिता को अपना क्षेत्र बनाना है, इस निर्णय तक पहुँचने में रोली को दो साल लग गये थे।

उन्होंने रोली का बायोडाटा फिर उठा लिया। जो सब कुछ उसमें लिखा था उसे वो बोल बोल कर पढ़ रहे थे और रोली से उसकी दरयाफ़्त कर रहे थे, जैसे रोली किसी और का बायोडाटा लेकर चली आई हो, रोली से पुनः पूछा :रोली, यही नाम है ना आपका?

उन्होंने रोली से कई सवाल पूछे पर उनमें से एक भी सवाल अर्थतंत्र से जुड़ा नहीं था। रोली की महारत, जबकि, आर्थिक ख़बरों पर ही थी। जो सवाल वे पूछ रहे थे, उनसे रोली परिचित थी पर वे शब्द कहीं बहुत दूर चले गये मालूम पड़ रहे थे जिनके मायने उसे खुल नहीं पा रहे थे। मसलन, एक सवाल उन्होंने रूसी क्रान्ति पर पूछा, रोली ने इतिहास ज़िम्मेदार विद्यार्थी की तरह पढ़ा था पर अरसा बीत चुका था और सटीक याद करने के लिए दुहराव की जरूरत थी। उसे अर्थछायाएँ याद थीं पर अर्थ नहीं।

रोली सारे जवाब दे तो रही थी पर बार-बार कह रही थी कि उससे कुछ सवाल अर्थजगत से पूछे जायें। शायद सम्पादक की गति आर्थिक मोर्चे पर कमज़ोर थी या जाने क्या कारण था कि उन्होंने सवालों का मोर्चा बेहद अनुमानित विषय 'साहित्य' की ओर कर दिया। कौन-कौन से कवि पसन्द हैं? रोली ने शमशेर और आलोक धन्वा का नाम लिया। उस कवि का नाम नहीं लिया जिन्होंने उसे भेजा था। ना जाने रोली के जवाब में ऐसा क्या था कि सम्पादक बुरा मान गये। वे शायद किन्हीं दूसरे कवियों के नाम सुनना चाहते थे जो उन्हें पसन्द हों या उनकी समझ के खाँचे में फिट बैठते हों।

रोली के इस जवाब पर उनका तंज स्पष्ट हो गया था : तुम शमशेर को समझ भी पाती हो या किसी सामान्य ज्ञान की किताब से नाम याद कर लिया है? अपने इस सवाल को सम्पादक ने ऐसी हँसी में लपेट दिया जिसे चालू भाषा में 'खुले दिल की हँसी' कहा जाता है। रोली ने इस सवाल का कोई जवाब नहीं दिया।

अगला सवाल बेधक था। जबकि बायोडाटा में स्पष्ट लिखा हुआ था फिर भी उन महाशय ने रोली से पूछा : तुम पच्चीस वर्ष की हो? हो सकता है, सम्पादक अपनी समझ की पूँजी के अनुसार कोई महान प्रश्न पूछ रहे हों पर रोली को इस सवाल की उम्मीद नहीं थी। रोली को लू लगने लगी थी। आँखों को फिर से ठंढे पानी की ज़रूरत महसूस हुई। पर उनका सवाल बढ़ता गया : तुम पच्चीस वर्ष की हो और अभी तक नौकरी की ढंग से शुरुआत भी नहीं कर पाई? डोंट माईंड प्लीज, बट इट्स पैथेटिक।

सम्पादक ने घंटी बजायी और महिला सहकर्मी को बुला भेजने का आदेश चपरासी को दिया।

महिला सहकर्मी ने इन सबका अभिवादन किया। सम्पादक ने उस लड़की को वहीं खड़ा कर लिया और रोली से कहा : इस लड़की को देखो, यह हद से बेहद बाईस या तेईस की है और सहसम्पादक के ओहदे तक पहुँची है। सम्पादक की इस कार्रवाई पर महिला सहकर्मी भी अवाक रह गई। वो लगातार रोली को देखे जा रही थी, पर बतौर सहकर्मी उसने रोली की जवाबी कार्रवाई को ज़रा भी नहीं सराहा।

दरअसल, सम्पादक की इस बौद्धिक नुमाईश के बाद रोली ने बेहद शाईस्तगी से अपना बायोडाटा उनके साथ से ले लिया। एक हाथ से अपने कान की लवों को सहलाया जो डूबते सूर्य के रंग की हो चुकी थीं। दूसरे से बायोडाटा की तह बराबर करते हुए अपने फ़ाईल में लगाया। यह कहना शायद सही हो कि जिस जगह वो बैठी थी वहाँ से उठने की क्षमता वो खो चुकी थी। पर खड़ी हुई, सम्पादक से कहा, 'आपने अपना क़ीमती समय दिया, इसके लिए धन्यवाद। पच्चीस की उम्र सीखने के लिहाज से अच्छी है बनिस्बत कि पैंतालीस या पचास की उम्र। वरना मैं आपको स्त्री से बातचीत का सलीक़ा सीखने की सलाह देती।

रोली उस इमारत से उतरते हुए चाह रही थी कि यह सीढ़ियाँ कभी खत्म ना हों। या खत्म अगर हो भी जाएँ तो काश, पापा का फ़ोन आ जाए और वो यह घर वालों को बता सके कि वह दिल्ली में इतने-कितने महीनों से बेरोज़गार है। या यही कि शादी की बात चलने पर उन्हें डाँट सके। डाँटने के ख़्याल से उसे राहत मिली। यह उसका पसन्दीदा काम है। जब भी दिल बैठता है, दिमाग़ उदास होता है वो फ़ोन बुक की मदद लेती है। कोई ना कोई ऐसा मिल जाता है, जो रोली से डाँट सुनना अपना ही भाग्य समझता है।

लक्ष्य शतक का नारा

(घोषणा : रिश्वत की डायरी के ग़ायब पृष्ठों के बारे में यह 'डिस्क्लेमर' लिखते हुए मुझे ऐसी हँसी छूट रही है कि क्या बताऊँ, पर लिखना तो पड़ेगा, आख़िर जान किसे प्यारी नहीं होती! तो कहता हूँ कि इस कथा में एक-एक शब्द गल्प है। इसका किसी भारतीय से न लेना एक न देना दो है। किसी के जीवन से इस कथा का हिस्सा मेल खाये तो अपनी हँसी रोकते हुए बता रहा हूँ कि वह अपवाद नहीं, महज़ संयोग होगा। अद्‌भुत संयोग।)

ठाकुर प्रसाद प्रकाशन की डायरी के कुछ जले हुए पृष्ठ हैं जो तुरन्त बीते वर्तमान के सुनहरे कूड़ेदान में मिले।

पृष्ठ संख्या-1

नौ अगस्त, 2010

थाने का विक्रय मूल्य, क्रय मूल्य, लाभ तथा प्रतिशत लाभ का हिसाब-किताब:

ज़िला : क.

थानों की संख्या : 20

क्रम संख्या	थाने से सालाना आय सीमा	थानों की संख्या और उनके नाम	आय विवरण	रिश्वती आय बढ़ाने के लिए जिन क्षेत्रों में मेहनत करनी है।
1	20 लाख तथा उससे कम	7 थाने : ख, य, र, ल, ह, क्ष, स	ट्रक और ट्रांसपोर्ट कमीशन, फेरी वाले, रेहड़ी तथा दुकान वाले	चुस्त दरोग़ा की नियुक्ति तथा आय सीमा लक्ष्य बढ़ाकर पचास लाख करना
2	20 से 50 लाख	8 थाने : ज, च,झ,अ,त, ग,घ,ट	रेत खनन कमीशन तथा उन्हें सुरक्षित थाना क्षेत्र से बाहर पहुँचाने का कमीशन	फुटकर व्यापारियों पर तलवार कसकर रखनी है

3	50 लाख से 70 लाख	2 थाने : म और फ	कोलियरी ठेके और कोयला ढुलाई से तथा अन्य कार्य	कमीशन बढ़ाना है तथा जहाँ एक बार के लिए जारी रसीद पर कोयले बीस बार ढोए जा रहे थे उन्हें घटा कर दस करना है
4	70 लाख तथा उससे ऊपर	3 थाने : क, प, ब	वनवासी सुरक्षा फंड से, आतंक निरोधी फंड से, मुठभेड़ फंड से,	मुठभेड़ फंड से अलग, अब उन अपराधियों के घर से भी पैसे लेने होंगे जो पाँच से सात लाख के बीच कहीं ठहरती है फिर इन थानों की आय एक करोड़ हो जाएगी और इस तरह हम आदर्श थाना निर्माण की तरफ अग्रसर होंगे

इस वर्ष थानों से ज़िले की आय का लक्ष्य सौ करोड़ का है और सभी थानों के लिए नारा रहेगा—'लक्ष्य शतक'। लक्ष्य पूरा होने पर बजरंगबली की मूर्ति स्थापना तथा भव्य मन्दिर का निर्माण।

पृष्ठ संख्या–2

नौ अगस्त, 2010

(** टका से यहाँ तात्पर्य हज़ार का है)

—जय माँ जगदम्बे काली—

दिया (Debit)	लिया (Credit)
साहब के बंगले का टेलीफ़ोन बिल–24 टका (जून और जुलाई महीने का), सिपाही का फ़ोन कल ही आया था	भिखारियों से : 20 टका (इनमें से कइयों को तड़ीपार करना है, इन्हें भीख कम मिलने लगी है, कल एक हवलदार को

	जाँच के लिए भेजना है कि जिन 10 बच्चों को बाहर से मँगाये थे, उनमें से कितने भीख माँगने के क़ाबिल हो गये हैं)
मैडम (साहब की पत्नी)की ख़रीदारी के लिए मुंशी भेजा—25 टका। 10 टका कम पड़ा सो उधार लगा दिया। सामान की भूखी है, साली!	फुटपाथी व्यापारियों से :100 टका। नये फुटपाथियों ने चोखा धन्धा दिया है।
35 टका (10 टका होटल और 25 टका राजधानी) भिजवाया। चीफ साहब ठहरे थे। राजधानी से आई लड़की के लिए 25 टका और हवाई यात्रा का ख़र्च।	यातायात से : 200 टका. कल से फी ट्रक 40 रूपये रोज़, बस से 40 रुपये रोज़, ऑटो रिक्शा-20 रुपये रोज़
60 टके की कालीन, चीफ साहब को पसन्द आई। पैक कराया। कालीन व्यवसायी को लाईन पर लेना है। कैश माँग रहा था, कल से एक हवलदार उसके पीछे।	100 टका, रामपुर रेप केस। पैसे के साथ लड़की भी, दो दिन थाने में रखेंगे।
6000 टका, बेटे का प्रवेश एम.डी. (मास्टर ऑफ मेडिसीन) कोर्स के लिए सरकारी कॉलेज में हो ही गया। देश की शिक्षा व्यवस्था कैसी रिश्वतख़ोर हो गयी है। रिश्वत हम भी लेते हैं भाई पर ऐसे किसी का ख़ून नहीं चूसते। साठ लाख! बेटा भी चिकित्सा से अधिक विवाह ही पढ़ रहा है। एम.डी. कर ले तो जो ज़मीन राजधानी में क़ब्जा कर रखी है उस पर एक बढ़िया अस्पताल खोल दिया जाए।	50 टका, बाइक और कार चोरों से, आज इंडिका और स्प्लेंडर बाहर गयी, वो कल पेमेंट देंगे।
	200 टका; कोयला परमिट के नाम
	2 टका; सब्जी बेचनेवालियों से
	30 टका जंगल विभाग से; बहुत उड़ रहे थे रेन्जर साहब, कतर दिया। ट्रक पकड़ा और साले को पैसा लेकर थाने बुलाया, इन्तज़ार कराया, अब बेटी के ब्याह में होने वाले लकड़ी ख़र्च के लिए तैयार हो गया है। दो सिल्ली शाखू, दो सिल्ली सागौन और एक शीशम।

कुल आगत : 8 लाख

कुल खर्च : 2.5 लाख

बचत : 5.5 लाख, और काहे की बचत? साठ लाख तो बेटे की फीस और डोनेशन ही दे दी। उसे 'रिकवर' करने के लिए एक गाँव, दस बीघे जंगल और दो ट्रक पकड़ने की योजना कल से लागू।

सोने से पहले माँ जगदम्बे को प्रणाम, अगर कल कोई ट्रक, जंगल और गाँव रगड़ने दिया तो उनके मन्दिर के दरवाज़े पर नये कुंडे लगवाने का संकल्प लेता हूँ।

!! जै जगदम्बे !!

पृष्ठ संख्या-3

नौ अगस्त, 2010

चिकित्सा शास्त्र (परास्नातक) परीक्षा मंडल (चिव्यापम) से हुए आय व्यय का ब्यौरा

एम.डी. कुल सीट : 25

परीक्षा से पास होकर प्रवेश पाने वालों की संख्या सिर्फ़ पाँच कर दी गयी है। यह मन्त्री बहादुर है, पिछला तो ऐसा लीचड़ था कि खाने-खिलाने के नाम पर बस पाँच ही सीट छोड़े रहा।

सौदे के लिए उपलब्ध सीट : 20

प्रति सीट आमदनी : 60 लाख

प्रति सीट बचत : 6 लाख

राशि बँटवारे का ब्यौरा

बँटवारा (60 लाख प्रति उम्मीदवार से हुए लाभ का बँटवारा)	मद/वजह
10 प्रतिशत (6 लाख)	सरैयाँ बाबा के माँ अम्बे ट्रस्ट, वहाँ से जारी पाप निवारक दस्तावेज की पाँच नक़ल तैयार। मूल प्रति मानव संसाधन विकास मन्त्री के दरवाज़े। माँ के आशीर्वाद से आज तक हमारे समूह के किसी कार्य में विघ्न बाधा नहीं आई। हम अपनी तनख़्वाह से अलग पूरी आमदनी का दस फीसदी माँ के चरणों में चढ़ाकर उन्हें भी पार्टनर बनाते हैं।

	जगदम्बा देवी के सामूहिक पार्टनरशिप के अलावा : • मन्त्री सोने का कपाट दान करेंगे • मुख्य सचिव राजधानी से मन्दिर तक नंगे पाँव रोज़ जाएँगे और कार से वापस आएँगे • मैं मन्दिर जाया करूँगा और दुर्गा चालीसा का पाठ करूँगा।
55 प्रतिशत (33 लाख) तथा बीच-बीच में छात्राएँ. ** लड़कियों पर शर्तें लागू	मन्त्री जी के रिश्तेदार के चाची के ताया के बेटे की बेटी के बैंक खाते में। पासबुक मन्त्री जी के भाई की निगरानी में। अगर कॉलेज से बाहर की लड़की लाई जाये तो तीस से चालीस हज़ार प्रति रात्रि। वैसे मन्त्री या मुख्य सचिव ज़्यादातर कॉलेज की ही लड़कियों को प्राथमिकता देते हैं।
5 प्रतिशत (3 लाख)	दलाल को। इन्हें परीक्षा फॉर्म से लेकर फ़ोन नम्बर दे दिए थे। इन सबको साफ़ निर्देश है कि सिर्फ़ बड़े ऊँचे अधिकारियों के बच्चों को ही टार्गेट करें जो डिग्री लेने के इच्छुक हों। जो ग्राहक साठ लाख देने को तैयार हो जाये, उसे ही सचिव से मिलवाएँ। ग्राहक के आने-जाने का ख़र्च ग्राहक को ही उठाना होगा। महिला उम्मीदवारों को प्राथमिकता दी जाएगी।
20 प्रतिशत (12 लाख)	सचिव तथा अन्य अधिकारियों के बीच पैसे से अलग, रहा लड़कियों का सवाल तो उनका बँटवारा—जैसा ऊपर बताया
10 प्रतिशत (6 लाख)	अब अपनी तारीफ़ किस मुँह से करूँ? नज़र न लगे।

पृष्ठ संख्या-4

नौ अगस्त, 2010

चिकित्सा महाविद्यालयों में शिक्षा तथा परीक्षा प्रणाली।

शिक्षकों से :

- उन प्रोफेसरान से भी दस प्रतिशत लेना है, जो शोधार्थियों के जे.आर.एफ सम्बन्धित बिल और कंटिजेन्सी बिल साईन करने के एवज़ में कुल

बिल राशि का पन्द्रह फीसदी पहले ही जमा करा लेने के बाद अपने स्वर्णिम हस्ताक्षर करते हैं.

- सेमिनार आदि का बिल पास करने से पहले पच्चीस प्रतिशत नक़द।

छात्रों के लिए, प्रथम श्रेणी पाना चाहते हों तो कृपया निम्नलिखित शर्तों का ध्यान धरें :

- उपस्थिति : 95% उपस्थिति अनिवार्य—इससे कम की स्थिति में 2000 रुपये प्रति कक्षा
- लिखित परीक्षा : यह परीक्षा मेधावीं विद्यार्थियों के लिए भी कठिन होती है, फिर तो जिस तरीक़े से भतेरे उम्मीदवारों का प्रवेश हुआ होता है, वैसे छात्रों के लिए यह परीक्षा अत्यन्त कठिन होती है। यह कॉपी जाँच के लिए बाहर जाती है इसलिए पढ़के पास होना होगा या फिर दो लाख रुपये प्रति पेपर।
- प्रायोगिक परीक्षा : 50000 रुपये प्रति पेपर या अगर बाहर से आये परीक्षक को आप पसन्द हों, जो कि भारत में कम ही सँभव है पर कभी-कभी हो जाता है।
- डिग्री : अब कितना दोगे सरजी पर जो भी आपकी इच्छा हो, वैसे यह राशि क्लर्क समुदाय को जाएगी।

छात्राओं के लिए : प्रथम श्रेणी पाना चाहती हों तो कृपया निम्नलिखित शर्तों का ध्यान धरें : (यहाँ अक्षरों की आग और आँच से डायरी का पन्ना जलने लगता है और उससे चमड़े के जलने की दुर्गन्ध फैल जाती है)

- उपस्थिति : 95% उपस्थिति अनिवार्य। इससे कम की स्थिति में हरेक पेपर के लेक्चरर, पर निर्भर करता है, अमूमन 2000 रुपये प्रति कक्षा।
- लिखित परीक्षा : यह परीक्षा मेधावी विद्यार्थियों के लिए भी कठिन होती है, फिर तो जिस तरीक़े से भतेरे उम्मीदवारों का प्रवेश हुआ होता है वैसे छात्रों के लिए यह परीक्षा अत्यन्त कठिन होती है। यह कॉपी जाँच के लिए बाहर जाती है इसलिए पढ़ के पास होना होगा या कुछ सीढियाँ चढ़कर। मुख्य परीक्षा अधिकारी, श्रीमान क. दलाल, इसके रिकॉर्ड्स रखते हैं।
- प्रायोगिक परीक्षा : 50000 रुपये प्रति पेपर या अगर बाहर से आये परीक्षक को आप पसन्द हों। अथवा मुख्य परीक्षा अधिकारी तथा अनुयायियों के साथ या फिर मन्त्री या सचिव या तमाम जिन्हें हो सकता है, आप जानती भी न हों।

- इससे अलग अगर आप मन्त्री या उसके घेरे के किसी को पसन्द आ गयीं तब विरोध के लिए भी कृपया शान्ति बनाए रखें। रणक्षेत्र में ही न्याय होगा।

उपनियम 1, 2 और 3 :

(1) रोयें नहीं, भाग सकती हैं तो भाग जाएँ.

(2) चूँकि स्नातकोत्तर की शिक्षा के दौरान गर्भधारण अव्याहारिक माना जाता है, इसलिए निरोग सुरक्षा के इन्तज़ामात ख़ुद करें।

(3) कोशिश करें कि उपस्थिति रजिस्टर पूरा रहे, कोशिश करें कि आप प्रथम श्रेणी की लालच में न फँसें। आगे जीवन में आपको मरीज़ मिलेंगे, डिग्री पूछने वाले अधिकारी नहीं। आपके लालच न करने के कारण वहाँ की फ़ैकल्टी आपका जीना दूभर कर देगी पर यह भी तो सोचिए कि इतने सब नरक के बाद जीवन तो यों भी दूभर हो जाएगा।

पृष्ठ संख्या 5

नौ अगस्त, 2010

उस शख़्स का रोज़नामचा, जिसका प्रवेश मेरिट के अनुसार तय था, अगर क़ाबिलियत से प्रवेश दिलाने वाली सीट्स की संख्या बीस से घटाकर पाँच न की गयी होती :

नाम—सुनयना

उम्र—तेईस

शिक्षा—एम.बी.बी.एस., (राज्य द्वारा आयोजित पी.एम.टी. परीक्षा में प्राप्त अच्छे स्थान के कारण राजकीय मेडिकल कॉलेज से चिकित्सा शास्त्र से स्नातक)

काम—माँ जगदम्बे ट्रस्ट के अस्पताल में जूनियर पैथोलॉजिस्ट (जबकि उसने एम.बी.बी.एस. कर रखा है)

वेतन—साढ़े छः हजार + डेढ़ हज़ार यात्रा भत्ता

सुनयना का रोज़नामचा :

सुबह सात बजे : घर से निकलना.

नौ बजे : अस्पताल पहुँचना।

साढ़े नौ बजे : पिछले दिन की रिपोर्ट व्यवस्थित करना तथा उसे मरीज़ों या उनके घर वालों को सौंपना।

दस बजे : डॉक्टर का आना, इस डॉक्टर ने ऊपर बताए गये तरीक़े से एम.डी. कर रखा है। इसलिए फटाफट जाँच लिखता है, एक्स-रे, कॉपर साल्ट टेस्ट, सोनोग्राफ़ी। सारी जाँच कर इतना ख़ुश हो जाता है कि अनुमान से दवाएँ भी लिख मारता है।

यह शाम के सात बजे तक चलता है। बीच में सुनयना से छेड़ भी चला लेता है। प्रेम करने के दावे करता है। प्रेम करने के दावों में सघन स्पर्श ही जानता है।

शाम/रात नौ बजे तक घर पहुँचती है।

और...

विश्वास का कोई क्या करे कि जितना भी समय बचा पाती है, उसमें एम.डी. के प्रवेश परीक्षा की तैयारी करती है। सारे समीकरण जानते-बूझते भी उसने एक 'टेस्ट सिरीज़ ज्वाइन' कर रखी है और हर इतवार उस टेस्ट सिरीज़ के सेंटर पर परीक्षा देने जाती है. इससे पता चलता रहता है कि वो अभी कितने पानी में है। या कितनी आग बची है।

समय के दो भाई

न मालूम कौन से समय की बात है कि उसके दो भाई थे। पहले का पुकार नाम बड़े था और दूसरे का—बहुत बड़े। दोनों अमीरज़ादे, ख़्याली, शराबी और आलसी थे। इसलिए चिन्तक भी। ये दोनों भाई शराब की ही नींद उठते थे। सुबह का कुल्ला बीयर से और निबटान आदि का काम सस्ती शराब से करते। स्नान करते हुए शराब की बाल्टी में दो बूँद डेटॉल डालना कभी जो भूले हों। किसी स्त्री को चूमते, हालाँकि ऐसे मौक़े जाहिलों की ज़िन्दगी में कम ही आते हैं, तो उसके होठों या अन्य जगहों पर शराब की धार फोड़ कर ही चूमते थे। पढ़ना-लिखना इसलिए नहीं सीखा क्योंकि स्याही शराब नहीं थी।

दोनों के बोलते ख़्यालों से संघातियों, पड़ोसियों के कान घायल हो चुके थे। पीने की कामना सँजोये लोग आते, पीते और इनकी खाम-ख़्यालियों से चोटिल होते। पहला घूँट अन्दर जाते ही बहुत बड़े की आँखें मुँद जातीं और 'बड़े' काग़ज़, कलम, इंचीटेप, रंगीन पेंसिल लेकर बैठ जाता। इनके पैसे से पीने वाले चापलूस इनकी मटमैली करतूत देखते।

इन दोनों लखेरों को बिरसे में इतनी ज़मीन मिली हुई थी कि हर दिन पीने के बाद नये-नये कारख़ाने और उद्योग-धन्धे लगाते। योजनाओं की लकीर खींचने में माहिर हो चुके थे। पिनक में 'बहुत बड़े' कारोबार सुझाता और बड़े उसका नक़्शा खींच कर दिखा देता। कारख़ाना लगाने के बाद मजदूरों के लिए घर बनाता। उन घरों को सस्ते ब्याज पर अपने ही मजदूरों को बेचता। बाद के दिनों में कारख़ाने से नज़दीक ही बड़े-बड़े फ़्लैट भी बनाये। उनके आजू-बाजू जो तरणताल बनाये, उसमें हंस, बत्तख और दुनिया की सभी रंगीन मछलियाँ भी रख आये। इससे जो मुनाफ़ा हुआ, उससे उन्होंने ख़ूब सारी शराब ख़रीदी। वह शराब उन साथियों को पिलाई, जो वहाँ बैठे उनका ख़्यालनामा सुन रहे थे।

शराब की लत तो धर्म जैसी ही बुरी होती है।

धीरे-धीरे शराब ने अपना रंग दिखाया। इनके लिए वह कम पड़नी शुरू हुई। पीने का आलम यह था कि अपना पैमाना भर लेने के बाद दूसरा के पैमानों पर नज़र रखते। जैसे ही कोई अंजान या दुखियारा अपनी ग्लास नीचे रखता, दोनों भाई उसे गटक जाते। दुखियारा अपना-सा मुँह भी नहीं रख पाता था।

वह हर सुबह सोचते, किसी तीसरे पियाक को आमन्त्रित नहीं करेंगे। तैयारी करते, आज से सारा काम ख़ुद ही करना है। शाम होते न होते दोनों कुछ घूँट से गला खँगाल कर सोचते, सलाद कौन काटेगा? चखना कौन बनायेगा? और सबसे महत्त्वपूर्ण यह कि किसिम-किसिम के पैग कौन बनायेगा? इसलिए, शराब कम पड़ जाने की क़ीमत पर भी लालची शराबियों को जमा कर लेते और फिर शराब और ख़्याली पुलावों का दौर शुरू होता।

जब से उनकी शराब कम पड़नी शुरू हुई, उन्होंने हर बार शराब के कारख़ाने सँजोए। नक़्शा अलग होता और उससे बनने वाली शराब भी। बीच-बीच में मज़े लेने के लिए साथी पियक्कड़ भी दो-चार राय उड़ेल देते। दीवाल शराब के रंग की होनी चाहिए। शराब की टंकियाँ अलमुनियम के नल से जुड़ी हों तो कितना अच्छा रहे! या ऐसी ही कोई सलाह। दोनों भाई साथियों की सलाह तब तक मन से सुनते जब तक शराब बची रहती।

ऐसा ही कोई अनगढ़ दिन रहा होगा कि इनके शराबी साथियों के साथ एक नया आदमी चला आया था। नौउम्र ही था और इनकी कारस्तानियों से नावाक़िफ़ था। दौर शुरू हुआ। पहले या दूसरे पैग के बाद जहाँ दोनों भाइयों ने शराब का कारख़ाना लगाना शुरू किया, वह इस नये आदमी की बस्ती से सटे हुए मैदान पर था। उसे यह सारा जतन अजूबा-अजूबा लगा। शराब के कारख़ाने की बात से उसे आश्चर्य कम, हँसी अधिक आ रही थी। चूँकि नया-नया था, इसलिए दोनों भाइयों की बातों के चक्कर में उसे सारा कुछ सच में तब्दील होता लगा। लगा कि शराब के कारख़ाने से उसकी बस्ती न उजड़े तो बाक़ी चीज़ें बर्दाश्त की जा सकती हैं। इन ख़्यालों में खोने से पीने की उसकी गति कम हो गयी थी।

इधर दोनों भाइयों ने शराब का कारख़ाना लगा तो लिया था पर वहाँ तक पहुँचने के रास्ते में बस्ती आ रही थी। गटागट पीते हुए बहुत बड़े ने सुझाया, अगर बस्ती वालों को कारख़ाने की मजदूरी दे दें तो वे शायद ज़मीन छोड़ दें। यह सलाह सबको पसन्द आई, सबने इशारे से हुँकारी भर दी। मुँह किसी ने नहीं खोला। वजह? पीने का क्रम रुक जाता। घूँट रोककर बोलना पड़ता और इतनी देर में मौजूद पियाक लोग सारी शराब ख़ाली कर देते। नये साथी के साथ यह दिक़्क़त नहीं थी। उसने कुछ कहने के लिए ग्लास नीचे रखा तब तक बहुत बड़े ने व्यंग-बाण छेड़ दिये, क्यों साहब, जो पीने में इतना धीरे हो वह जीवन में कितना होगा?

अपमानित नया साथी बोल पड़ा, जी मैं पीकर आया हूँ। इस जवाब से चकित हो सबने एक स्वर में पूछा, कहाँ? कहाँ पी आये? नये साथी ने अपना समय लिया, घूँट भरकर बड़े की ओर इशारा करते हुए कहा, इनकी फैक्ट्री से। बहुत बड़े को इस जवाब पर यक़ीन नहीं हुआ। अपने को होश में लाने के लिए शराब से मुँह धोया और उसके ही छींटे मारे, पूछा, कब? नया आदमी का जवाब, शाम ही को तो।

उस रात दोनों भाइयों की नींद कहीं बह गयी थी। बेचैन। करवट-करवट। आधी रात के वक़्त बहुत बड़े ने कहा, अब? बड़े गुमसुम था। दो-चार पहर बाद जो कुछ बोला उसे सुन कर बहुत बड़े जान गया कि यह उसके ही सवाल का जवाब था। बड़े ने कहा था, इधर हम प्यासे रहते आये और हमारे ही कारख़ाने से शराब चोरी होती रही। बहुत बड़े ने फिर पूछा, तब? तब क्या? दोनों ने एक साथ जवाब सोचा, इस तरह तो ये बस्ती वाले एक दिन सारी शराब पी जाएँगे।

दोनों आलसी भाइयों में जाने कहाँ से ऊर्जा भर गयी थी। उन्होंने पुलिस वालों को किराये पर उठाया और बस्ती को आग के हवाले कर दिया। बस्ती वाले नींद के सताए हुए थे, आग की मार कहाँ झेल पाते! भगदड़-भगदड़। पल भर में आठों दिशाएँ लोगों से भर गयीं और बाक़ी बची दो दिशाएँ उनके शोर से। अगलगी के मुहाने से बाहर निकलते ही उन पर पुलिस की लाठियाँ पड़ रही थीं। बड़े और बहुत बड़े ने भी मोर्चा सँभाल रखा था। लोगों को पीट-पीट कर पूछ रहे थे, और पियोगे शराब? चोर सब। और शराब पियो, सालो। पैर तो रखो कारख़ाने में, काट दिया जाएगा।

किसी ने अपने अन्तर्मन में इस घटना या इन दो बदमाशों 'बेचारों' का समर्थन नहीं किया। सैकड़ों लोग जले थे। ग़रीबों के जीवन में बमुश्किल जुटे संसाधनों का भयानक नुकसान हुआ था। मीडिया के भले लाचार ग़ुस्से में आकंठ डूबे हुए थे। वे तो दुनियादारी के तक़ाजे थे वरना सभी अख़बार और मीडिया वालों ने इनकी इस जली हुई करतूत के ख़िलाफ़ मोर्चा कस लिया होता। इसलिए इस ख़बर को लिखने के बाद शहर का सबसे नामी पत्रकार दो मिनट अपने झूठ पर उदास हुआ, फिर यह सोचकर ख़ुश हुआ कि जब वह इतना सफ़ेद झूठ बोल सकता है, तब वह अपनी क़िस्मत साहित्य में क्यों नहीं आजमाता! उसने ख़बर यह बनाई थी, 'दैवीय चमत्कार—काल्पनिक शराब फैक्ट्री में लगी आग से बस्ती स्वाहा'।

सुनने में आया, कोतवाल साहब उन दोनों पर सख्त नाराज़ हैं और उन्हें बन्द करना चाहते हैं पर वे क्या करें! बेचारे वचन से बँधे हुए हैं। वे दोनों बच्चे कोतवाल को मामा कह कर पुकारते हैं। हक़ीक़त यह है, कोतवालिन ने बहुत बड़े की निगाहों में छुपे चोर का जिक्र नहीं किया कि जब वह कोतवालिन को मामी कहता है तो उसके ऐंठे हुए शब्दों से और निगाहों से कैसी दुर्गन्ध उठती है!

न्यायाधीश के ग़ुस्से का भी पारावार नहीं था और वह खरा ग़ुस्सा था। वे तो जैसे सचमुच उसी आग में जल आये थे। आज कहने वाले जो भी कहें, पर न्यायाधीश साहब जानते हैं कि उनके मन में जल चुके लोगों के लिए क्षोभ और दया का भाव था। वे उन लोगों के लिए कुछ करना चाहते थे पर नहीं कर सके। जान-पहिचान का दुख उन्हें साल रहा था, काश वे सारे अमीर-उमरा अपरिचित होते तो सज़ा सुनाई जा सकती थी।

वीराने का कोतवाल

किसी झूठे ज़माने की बात है, चोरी के पारम्परिक तरीक़े जानलेवा और नुकसानदेह हो चुके थे। सेन्ध लगाने वाले स्मृतियों से अलग कहीं भी सेन्ध खोद पाने में नाक़ाबिल थे। पॉकेटमार असबाब कम, बेक़ाबू भीड़ की सेवा अधिक पाते थे। ज़हरखुरानी के रंचमात्र शिकार मजदूर बचे थे जो चाह कर भी इतनी धन-दौलत बचा ही नहीं पाते थे कि ज़हरखुरानों का जीवन-यापन भी हो। दूसरे, चोरी की नयी चौंसठ कलाएँ इतनी सशक्त थीं कि ये पुराने चोर अपने शागिर्द ढूँढ़ने में अकथ मुश्किल से दो-चार हो रहे थे।

धीरे-धीरे चोर ठप्प पड़ने लगे। किसी ने साइकिल पंक्चर लगाने की दुकान लगा ली, कोई सब्ज़ीमंडी में कुली लग गया। जिसने अंडे का ठेला लगाना शुरू किया, आज उसके पास खपरैल का ही, पर अपना घर है। उसकी बेटी रूपा कक्षा चार की छात्रा है और ओड़िया बोलती है।

यह नगर परिचय के पहाड़े पर टिका हुआ था। मिसाल के तौर पर 'अ' को 'ब' बख़ूबी जानते हैं और 'ब' से जो 'स' का नाता है, वह बेहद ढीला-ढाला है। पर इसी नाते 'स' को यह भरोसा है और गुमान भी कि वह 'अ' को जानता है। 'अ' चूँकि ओहदेदार है, तो वह किसी को जानने की जहमत नहीं उठाता।

'द' का कोई क़ीमती सामान गुम हो गया था। और यहीं स्पष्ट कर दूँ कि उन्हें वह सामान मिला नहीं, पर 'द' ने कोशिशें बहुत कीं। सामान नहीं मिला पर इस पूरी प्रक्रिया में 'द' को जो अभिमान हुआ कि क्या कहिए! उनका सीना हर वक़्त इतना फूला रहने लगा था, जितनी की सेना में भर्ती के इच्छुक रंगरूट मौक़े पर भी नहीं फुला पाते। हुआ यह कि नगर के सभी आला नामों ने इनकी पैरवी कोतवाल से की। इसमें भी मध्यमार्गी बहुत काम आये। 'घ' इन्हें 'च' के पास ले गया। 'च' 'ण' के पास ले जा रहा था, पर रास्ते में 'थ' मिल गया।

उसी फलते-फूलते नगर में एक कोतवाल रहते थे। उनकी कोतवालिन भी थी। अपूर्व सुन्दरी।

उनके अरूप रूप का अमल यह था कि नवयौवनाएँ उन्हें ज़हर देकर मार देना चाहती थीं। क्या जवान, क्या बूढ़े और क्या कोंपल की फूट से बाहर निकल रहे किशोर, सब के सब भारती उर्फ़ कनकलता के दिव्य रूप के परस पाते ही निढाल और मलिन हो जाते थे। उनका साहस जबाव दे जाता। उन्हें घर तक पहुँचाने की कवायद भारी होती थी।

हुआ यह भी था, वक्ष भार से ज़रा झुकी उनकी आकृति निहार कर कइयों ने जीने की इच्छा ही छोड़ दी थी। मसलन, इनके होने के आभास मात्र से लोग मृत्यु के दर्शन की चर्चा छेड़ देते। कमर के नीचे के आयतन से वह पानी पर मन्थर बहती हुई नाव दिख पड़ती थी। जानने वाले जानते थे कि मल्लाह ख़ुद कोतवाल है, जिसने नाव पानी पर छोड़ रखी है। जबकि पानी अपनी धार की शुष्क और तीव्र चोट से नाव पर गहरे निशान बना रहा है, इसका पता अभी न मल्लाह को था न ही जीने की इच्छा छोड़ चुके आशिक़ों को। और यह भी कि कनक का झुकना स्तनों के भार से नहीं, चंचलायमान स्मृतियों की 'मूवी' से था।

ज़माने पर ही अँधेरा छा रहा था, इसलिए आकृति स्पष्ट नहीं हुई कि वह न्यायाधीश था या पत्रकार या फिर कम निगाही का मरीज राजनीतिज्ञ, पर इन्हीं किन्हीं साथी से मिलकर कनकलता लौट रही थीं। सब्ज़ीमंडी का भीड़-भड़क्का देखकर मैडम ने गाड़ीवान को रोका। ख़ुद, उतर आईं। मंडी में इससे पहले इतनी ख़ूबसूरत और नाज़ुक कोई चीज़ नहीं आई थी, सो क्या ख़रीदार और क्या विक्रेता, सब के सब काम ठप्प कर बैठ गये। यहाँ होना यह था कि मैडम कुछ ख़रीद-फरोख़्त करती और कितनों के सीने से दिल निकाल वहीं के वहीं मरोड़ कर चल देती। पर यह नहीं हुआ।

शाश्वत-से लगते सन्नाटे में मैडम की निगाह अपनी उँगली पर गयी—बाएँ हाथ की बड़े-बड़े पोरों वाली लम्बी और पतली उँगली से अँगूठी ग़ायब थी। जिसने जाना, वह अपनी ही जगह पर बुत बन गया। शहर कोतवाल की बीवी के अँगूठी उनके हाथ से ग़ायब! मैडम ने तुरत-फुरत अपना मोबाइल फोन निकाला और साहब को फोन लगा दिया।

यह ख़बर और इससे उपजा भय धुएँ की तरह शहर पर पसर गया। कोतवाल ने सभी थाने और पुलिस चौकी पर फोन घुमा दिया। शहर के दरोगाओं के लिए आज इम्तिहान था। अबोला क़र्फ़्यू अगर कुछ होता है तो वही शहर पर छा रहा था। मैडम अपनी लरज सँभालते हुए घर आईं। आईं और बिखर गयीं।

कोतवाल ने तमाम तरीक़े से मनाने की कोशिशें कीं। अँगूठी तो अँगूठी, सुनारों को ही घर पर बुला लिया। वे मूँगा, मोती, हीरे और सोने की खदान तक

साथ में लाये पर कोतवालिन के सलोने मुखड़े पर जो लालिमा गर्दिश की तरह फैली हुई थी, वह जा ही नहीं रही थी। सबका कहना यही था कि शहर कोतवाल की बीवी जिस शहर में सुरक्षित नहीं, वहाँ की आम-अमरूद जनता जाए तो कहाँ जाए! ऐन उसी पल सभी थानेदारों के फोन आने शुरू हुए—कुल चालीस चोर पकड़े गये हैं।

इन चालीस में इक्कीस वे थे जिन पर वस्तु चोरी के आरोप फ्रेम की तरह मढ़े हुए थे। साइकिल पंक्चर लगाने वाला, सब्ज़ीमंडी का कुली, अंडे बेचने वाला—सभी के सभी शामिल थे। ग्यारह जनों की शक़्लें पिछली पीढ़ी के नामी चोरों से मिलती थीं। बाक़ी बचे आठ लोगों पर उनके ज़मानों में दिल चुराने का आरोप लगा था, इसलिए उन्हें भी बुला लिया गया था।

कोतवाल ने शहर में जो आदेश दिये हों पर घर में पत्नी का चेहरा उससे देखा नहीं जा रहा था। उसने कोतवालिन को ओढ़कर मनाया, बिछा कर मनाया, आड़ी तिरछी सारी कलाएँ आज़मा लीं पर कोतवालिन की मलिन चेहरा उनके पूरे व्यक्तित्व को लेकर लाईलाज डूबे जा रहा था।

पर हुआ यह कि एक ख़बर ने कोतवाल के चेहरे पर रौनकें बिखेर दीं।

पहर दो पहर बाद की बात है। थक कर चूर, सभी थानेदारों ने मिलकर यह ख़बर दी—चालीस के चालीस, सभी चोरों ने अपना-अपना गुनाह क़बूल लिया है। कोतवाल ने कहा—'गुड' 'वेलडन', वे अँगूठियाँ कब तक लौटा रहे हैं? इस तरह थानेदारों ने सभी चोरो को एक दिन की मुहलत दी और अगले दिन कोतवालिन के पैरों पर एक एक तोले वाली सोने की चालीस अँगूठियाँ पड़ी हुई थीं। सबकी नक़्क़ाशी हू-ब-हू वैसी ही थी जैसी मैडम की खोई अँगूठी। किसी में न एक सूत कम की बनावट, न एक सूत अधिक का खिंचाव।

मैडम की उदासी चालीस तोले सोने के साथ गयी या समय के साथ, ठीक-ठीक नहीं बताया जा सकता। जो हो सकता था, वही हुआ और वह यह कि चालीस अँगूठियाँ एक साथ पहनना कहाँ सम्भव था! इस ख़ातिर सुनार बुलाए गये। उन सबने मिलकर चालीस अँगूठियों को गलाकर, नये नक़ूश वाला एक करधनी बना डाला।

करधनी के लिए कोतवालिन ने अपनी सुडौल कमर का माप एक हरे धागे पर लिया था। पहले गुलाबी धागे के सहारे माप लिया जा रहा था पर धागे और शरीर के उस बेचैन हिस्से के रंग इस तरह यक्साँ थे कि धागा उनके शरीर में गुम-बहुत गुम हो जा रहा था। अगर करधनी की कहानी बतानी न होती तो मैं उस धागे का क़िस्सा ज़रूर बताता जो कनकलता के शरीर का स्पर्श अपने में सँजोये था और जिसे छूते ही

सुनार की हड्डियों में छुपा ज्वर बाहर निकल आता।

करधनी तैयार हुआ और यह ख़बर सुगन्ध की तरह उड़ी कि वैसी करधनी नगर के इतिहास में नहीं बनी थी। सारा शहर करधनी देखने के लिए बावला हुआ जा रहा था। करधनी की सुघढ़ नक़्क़ाशी को लेकर जो सूचनाएँ या अफ़वाहें आ रही थीं, उनमें से तीनों की तीनों का एक-दूसरे से कोई मेल न था। राजनीतिज्ञ और विचारक ख़ेमे से ख़बर यह उड़ी थी कि करधनी की एक सौ आठ लड़ियों में समूची रामकथा पिरोई हुई है। दूसरी तरफ़, पत्रकार और बुद्धिजीवी ख़ेमे की आवाज़ में सुना यह जा रहा था कि करधनी की बारीक झालरें प्राचीन गुफ़ाओं की याद दिला रही हैं। कारीगर ने कमाल कर दिखाया है।

इनसे अलग न्यायाधीश और न्यायविद के ख़ेमे का सुर था। उनके अनुसार, हो न हो, लड़ियों की कुल संख्या उतनी ही है जितनी संविधान में मौजूद, इधर-उधर बहती हुईं, धाराएँ। उन झालरों पर जो चित्र हैं, वे हरेक धारा को नीतिकथा में बदल कर दिखाते हैं। यह जनता के लिए सीखने और नैतिक होते जाने का भला मार्ग प्रशस्त करता है। न्यायाधीश का जो कुछ अनुभव था, वह धूसर रोशनी का दीया था।

तीनों की नींद हवा हो चुकी थी। कोतवालिन के मन में क्या था, इसे तो कोई थाह नहीं पाया पर ये लोग कोतवालिन से बेन्तिहा इश्क़ रखते थे। तीनों ने तीन अलग-अलग मौक़ों पर और तीन अलग-अलग रोशनियों में इस करधनी को देखा था, पर तीनों के मन में एक बराबर उत्पात मचा था।

❑ ❑ ❑

णाणं

पयासयं

वीर नि.सं. 2470

भारतीय ज्ञानपीठ

ई. सन् 1944